Rena Winter - Blind Date

AF273257

# BLIND DATE

Erotische Erzählungen
für Erwachsene
aus 1000 und einer Fantasie

Von Rena Winter

# Blind Date

Du kommst mit deinem Hund nach Hause und gehst die Treppe hinauf. Alles ist dunkel. Komisch denkst du. Hast du vergessen das Licht anzulassen?

Da hält dich plötzlich jemand fest. Du hast ihn nicht gesehen. Ein Schock. Er flüstert dir ins Ohr: „Wir sind verabredet. Blind Date."

Eine Verabredung von der Du nicht den Zeitpunkt kanntest, als Du sie bestellt hattest.

Du hattest davon in einer Anzeige gelesen - in einer Zeitschrift beim Frisör. Er würde kommen in einem Zeitraum, der vorher festgelegt ist, aber ohne sich genau anzukündigen.

Er würde dich „überfallen". Er würde dich ... Es hatte dich erregt, dir vorzustellen, etwas mit einem anderen Mann zu erleben-ohne die Beziehung zu gefährden. Denn schließlich konntest du nichts dafür.

Du hattest schon beim Lesen der Anzeige deine Erregung gespürt, und die Angst vor dem Unerlaubten, vor dem Undenkbaren.

Er nimmt deine Arme hinter deinen Rücken. Eine weiche Schnur legt sich um deine Hände. Er bindet sie dir zusammen.

Er bindet dir eine Tuch über die Augen. Nun öffnet er deine Bluse, ein kurzer Schnitt - dein BH ist offen, vorne.

Noch immer steht ihr im Flur, plötzlich faßt er dir zwischen die Beine - du zuckst zusammen. Doch er öffnet deine Jeans, zieht sie dir herunter. Auch den Slip.

Du möchtest etwas sagen, aber es geht nicht mehr. Gerade hat er dir etwas in den Mund gestopft. Es schmeckt nach Amaretto, dem Likör aus eurer Hausbar. Hilflos kannst Du nur noch abwarten.

Dein Herz klopft ziemlich heftig. Angst? Alles ist doch bis jetzt ganz liebevoll und vorsichtig. Das war Teil der Verabredung gewesen - du wolltest keine Brutalitäten. Aber woher weißt du, dass es so bleibt?

Er wickelt Dich in einen Rock. Es muß ein langer Rock sein - du fühlst ihn an den Knöcheln - offen an der Seite?

Aber kein Slip.

Wieder ist die Hand zwischen deinen Beinen. Tastende Finger.

Ein Blutansturm in deinem Schoß, in deinem Kopf. Bestimmt kann er die Feuchtigkeit schon

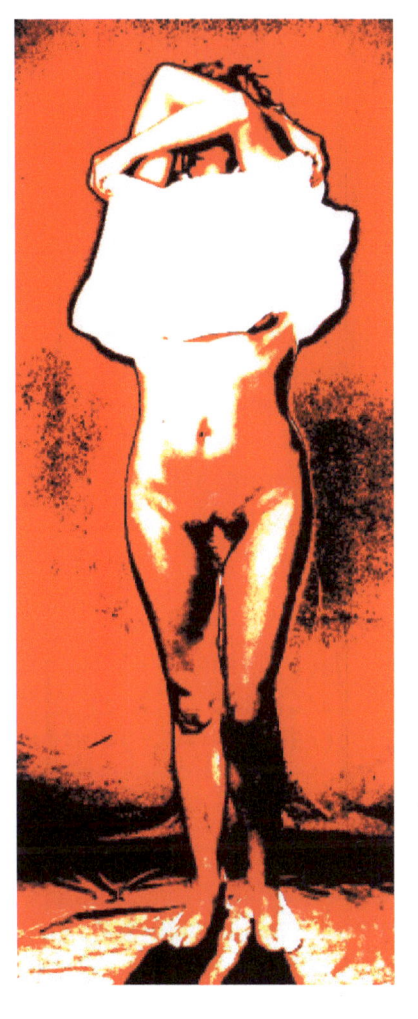

spüren. Vorsichtig
wirst du durch den
Raum geleitet.

Er setzt dich in
den Sessel - in
deinem eigenen
Wohnzimmer. Der

Rock verrutscht, klappt auf. Er spreizt dir leicht die Beine. Was ist das für ein Geräusch? Ein Fotoapparat? Er wird doch nicht noch Fotos machen von Dir? So wie du da jetzt sitzt?

Wie sieht er dich jetzt? Was mag er wohl empfinden? Oder ist es eine sie, eine Frau? Sie weiß auch nicht, wie sie plötzlich darauf kommt. Am Telefon war es eine Männerstimme gewesen.

Und wenn es doch eine Frau ist? Wie gefällt dir dieser Gedanke? Sie weiß es selbst nicht so genau.

Eine Hand streicht über deine Brust, tastet nach deiner Brustwarze. Blitzschnell ist sie hart, sofort auch die andere. Noch bevor sie berührt wird. Du atmest schneller. Nichts rührt sich mehr. Stille.

Dann mußt du wieder aufstehen und dich vorn überbeugen. Ein Sessel? Ja, es ist wohl die weiche Lehne des Sessels. Du mußt dich über sie beugen. Die Hände am Rücken werden gelöst und vorne wieder festgemacht Rechts und links. Und wofür?

Der Rock verrutscht, wird gedreht und  ist nun hinten offen. Jetzt werden die Beine leicht gespreizt, auch sie werden mit einem weichen

Seil festgebunden. An den Füßen des Sessels? Jedenfalls bist du weiterhin vollkommen hilflos. Keine Bewegung ist mehr möglich, keinen Laut kannst du von dir geben.

Und du bist seinen Blicken vollständig preisgegeben. Der Rock wird hochgeschoben. Wieder das leise Klicken der Kamera. Was wird mit den Fotos geschehen?

Und was ist das? Auf dem Rücken spürtst du eine Berührung, langsam gleitet sie weiter hinunter, gleitet über die Pobacken, in den Spalt hinein und weiter...

Und so passiert noch manches an diesem Abend, im Wohnzimmer, im Bad, in der Wanne, im Bett.

Und als du endlich zur Toilette möchtest, hast Du keine andere Möglichkeit als vor seinen Augen Wasser zu lassen. Untermalt vom leisen Klicken der Kamera.

Zum Schluß liegst du in deinem Bett und wirst gestreichelt und geliebt.

Als du aufwachst, bist du verwirrt, unsicher: War es ein Traum oder war es echt?

# SWEET DREAMS

Ich lag im Bett und konnte nicht einschlafen.
Mittags noch waren wir zusammen gewesen - hier
in diesem Bett. Und es war schön gewesen. Schon
als ich nur daran dachte, wurde ich wieder steif
und bekam aufs neue Lust. Aber ich war allein.
Ich legte mich auf den Bauch und fing an zu
träumen - von heute Mittag.

Ich wurde immer erregter statt müder. Während
ich an Sie dachte, fühlte ich geradezu wie meine
Brustwarzen über ihre Pobacken streiften und
mein steifer Schwanz sich von den Beinen her
ihren  Arschbacken näherte.

Arsch klingt immer ein bißchen heftig, ist aber
nicht so derbe gemeint. Es drückt einfach die
erotische Begeisterung oder Geilheit aus, die
ich empfinde, wenn ich ihren nackten „Arsch"
sehe.

Gut, dass ich vorher soviel Speichel in ihrem
Spalt hinterlassen hatte. Eben als ich mit dem
Mund ihre Wirbelsäule hinaufkroch und den Duft
ihres bettwarmen Körpers in mich hineinsog,
hatte sich mein Schwanz den Weg durch ihre
weichen, warmen Backen gebahnt und drängte mich
dazu, ein paar Bewegungen hin und her zu machen.
Fast wäre es mir jetzt schon gekommen...

Ich bewegte mich ein bißchen hin und her, genau
wie ich es heute mittag gemacht hatte... Ich bin
fast wieder so erregt wie heute mittag - aber
allein.

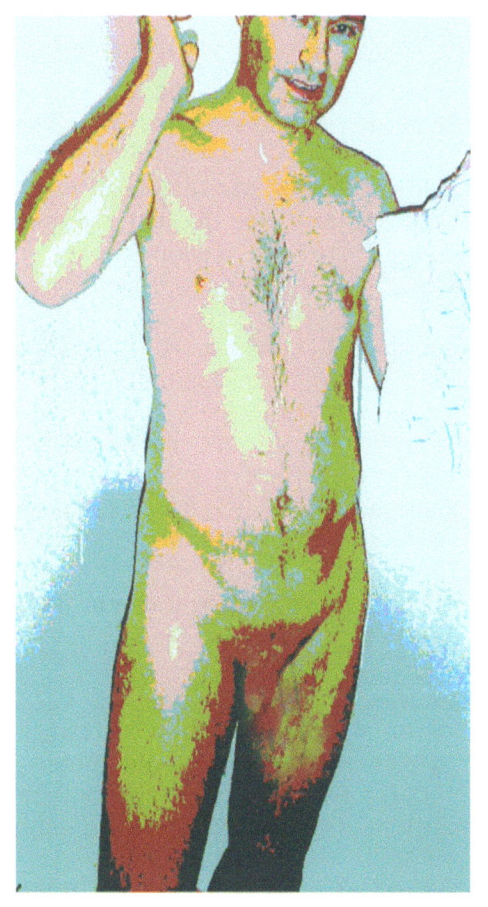

Dann aber hatte meine Spitze plötzlich ein neues Ziel entdeckt - sie war auf ihr anderes Loch gestoßen. Das war äußerst aufregend, denn noch nie hatten ich diesen Eingang benutzt. Aber ich wußte, daß ich ohne Gleitmittel nie weiterkommen würde.

Aber da war ja noch das Öl vom Massieren. Es lag auf der Fensterbank. Mit langausgestrecktem Arm konnte ich es erreichen. Ich öffnete die Flasche und goß mir etwas Öl in die Hand und verrieb es auf der Spitze. Es regte mich derart auf, daß ich fast schon wieder einen Orgasmus bekam.

Aber ich wollte noch nicht. Also goß ich noch einmal Öl auf die Hand und verrieb es zwischen ihren Backen. Mit dem Zeigefinger suchte ich mir einen Weg in ihren hinteren Eingang. Ich merkte, wie sie anfangs zögerte und erst langsam nachgab, sich entspannte und mich ein wenig hereinkommen ließ. Eng war dieser Weg, aufregend eng. Nachdem sich mein Finger etwas ausgeruht hat, zog ich mich langsam wieder zurück.

Jetzt war ich nicht mehr zu halten, da mußte ich hinein, auch wenn es nicht leicht würde. Ich glitt mit dem Schwanz durch ihre Furche zum Loch, fand es und setzte die Spitze an, versuchte sanften Druck auszuüben.

So aufgeregt war ich schon lange nicht mehr gewesen. Gedacht, geträumt hatte ich ja schon ewig von diesem Eingang - aber getraut hatte ich mich nicht, hatte immer Angst vor der Ablehnung gehabt...

Und jetzt ließ sie mich machen, gab etwas nach, ließ etwas locker, ich drang tatsächlich in diesen engen Kanal ein. Ich mußte unbedingt jede Bewegung stoppen, sonst würde ich sofort kommen, zum Orgasmus, meinen Samen in sie spritzen - aber da es war schon passiert.

Wie eine gewaltige Welle überrollte mich der Orgasmus, kroch mir den Rücken hinauf und schüttelte mich so durch, daß ich am liebsten ganz tief hineingestoßen hätte. Aber ich riß mich

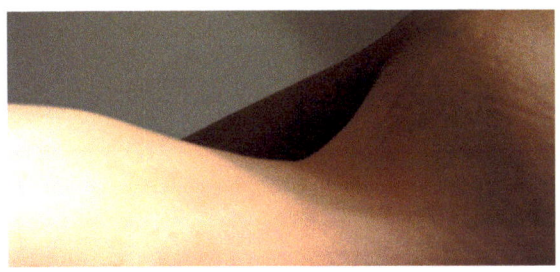

zusammen - es hätte ihr bestimmt sehr weh getan.

Während ich so intensiv bei unserem Mittags-schlaf war, hatte ich angefangen, mich hin- und her zu bewegen. Immer tiefer hatte ich meinen Schwanz in den Matrazenspalt geschoben - immer sie vor Augen, ihren Geschmack im Mund und das Gefühl ihrer Pobacken an meinem Bauch.

Nach dem Orgasmus blieb ich einfach liegen, glücklich, ermattet.

War ich eingeschlafen? Plötzlich hörte ich Schritte auf der Treppe. Viel zu träge, mich auch nur zu rühren blieb ich liegen - nackend, auf dem Bauch, er war inzwischen wieder ganz klein geworden.

War sie früher zurückgekommen? Hatte ich ihr
Rufen überhört? Hoffentlich war sie nicht
sauer, mich  so zu finden. Aber zum Verstecken
wäre es jetzt auch zu spät gewesen.... Ich tat
als schliefe ich. So konnte ich allerdings auch
nichts sehen. Die Schritte kamen näher, jetzt
waren sie am Bett. Sie sagte noch immer nichts.

Plötzlich berührte sie mein Bein - und hielt
es fest, legte das Seil darum, daß ich an
den Ecken des  Bettes festgemacht habe. Jetzt
wurde das andere Bein rübergeschoben, zur
anderen Ecke,  und auch festgemacht - stramm
festgemacht. Keine Bewegung war mehr möglich.
Voller Erwartung, aber auch ein bißchen
beunruhigt, hielt ich meine Augen geschlossen.
Sie ging jetzt um das Bett herum an das
Kopfende, zog erst den linken, dann den rechten
Arm nach oben und befestigte beide mit den
oberen beiden Seilen. Ich war gefesselt mit
meinen eigenen Seilen. Über den Kopf bekam ich
auch noch eine Haube  gestülpt.

Plötzlich spürte ich ein leichtes, schlei-
fendes, fast streichelndes Gefühl auf meinem
Rücken, dann allerdings wurde daraus ein
heftiger Schmerz. Es war ein Schlag mit einer
dünnen Rute, auf den Rücken. Nicht so stark,
daß ich es nicht hätte ertragen können, aber
ich war nicht drauf vorbereitet. War sie doch
sauer, dass ich alleine meinen Orgasmus gehabt
hatte - obwohl er ja eigentlich doch mit ihr...
Aber da traf mich schon ein zweiter Hieb, jetzt
auf den Po. Der nächste folgte und so ging es
weiter und weiter. Meine Arschbacken brannten.

Dann war da eine Pause, etwas wurde auf Rücken
und Po gegossen und eingerieben, ganz zart und

liebevoll - und noch immer schweigend. Die Hand
glitt unter meinen Körper, griff nach mir; sie
fühlte, daß ich total steif war - und zog sich
wieder zurück.
Das war wohl nicht gut gewesen, jedenfalls
bekam ich noch einmal fünf Schläge auf den
Po. Wieder wurde ich massiert, der Hintern
brannte, kribbelte, alles war total erregt und
durchblutet, als sich plötzlich ein Finger in
mein Loch bohrte. Ich zuckte nach vorne, mein
erregter Schwanz freute sich.

Da zog sich der Finger wieder zurück - schade.
Ich war so aufgegeilt, daß ich am liebsten
sofort.... aber es ging  ja nicht.

Da waren sie wieder, diese Finger, sie kamen
die Beine hoch, näherten sich wieder dem Po.
Ein Finger verstrich etwas um mein Loch und
entfernte sich wieder.

Aber jetzt fühlte ich plötzlich wieder etwas
an meinem Loch, ein anderer Finger schob sich
in meinen Anus, bahnte sich vorsichtig seinen
Weg, ein sanftes Herein und Heraus, drang dann
tiefer ein, noch weiter. Wie dick war der denn,
das war kein Finger, das war...
Das war unser Gummipenis, unser „Spielzeug" -
der war allerdings dicker als jeder Finger.

Ich ließ locker, wollte daß er hereinkam. Und
er kam, glitt zwischendurch wieder zurück,
es wurde immer leichter für ihn vorzudringen,
ich war weiter offen als jemals zu vor, nichts
tat weh, es war einfach wahnsinnig aufregend.
SIE machte es mir, sie durchbohrte mich, sie
vögelte mich. Bei diesem Rein und Raus bewegte
ich mein Becken ein wenig.

Ganz langsam kam wieder ein Orgasmus näher.

Hoffentlich merkte sie es nicht, sondern machte
weiter bis ich kam. Aber sie mußte etwas
gespürt habe, denn die Bewegung erlahmte, der
Penis glitt aus mir heraus und verschwand.

Wieder bewegte sie sich ums Bett herum -
dann schob sie mir ein dicker Kissen unter
den Bauch, wie ich es manchmal schon mit ihr
gemacht hatte, wenn ich sie im Bett von hinten
vögeln wollte.

Ich liebe diese Stellung, ihr Becken ist dann
so breit und rund und der Hautkontakt ist
wahnsinnig intensiv. Dabei kann ich kann sie
sehr schön anfassen, festhalten, und wer weiß,
vielleicht streichelt sie sich dann ja vorne
ihre Möse, bis sie soweit kommt.

Aber jetzt war ich es, der der unten lag und
mein steifer Penis hing irgendwie rum, hatte
keine Bodenhaftung mehr...

Jetzt kam sie wieder hinten ans Bett, kroch
herauf, zwischen meine Beine und setzte den
Gummipenis wieder an mein Loch, aber etwas war
anders.

Sie war viel dichter als vorhin,
ja, sie mußte den Penis am Körper befestigt
haben. Ich sah es geradezu vor mir...

Weiter kam ich nicht, denn jetzt wurde ich
geradezu aufgespießt, langsam und beharrlich
drückte sie den Penis in mich hinein, immer
tiefer, glitt heraus, glitt wieder tiefer
hinein, bis er ganz in mir war und ich ihren

Körper hinter mir spüren konnte. Ich konnte nicht mehr, ich wollte meinen ganzen Samen von mir spritzen, aber es ging nicht, sie ließ mich nicht. Immerzu hangelte ich am Orgasmus entlang, aber sie ließ mich schweben.

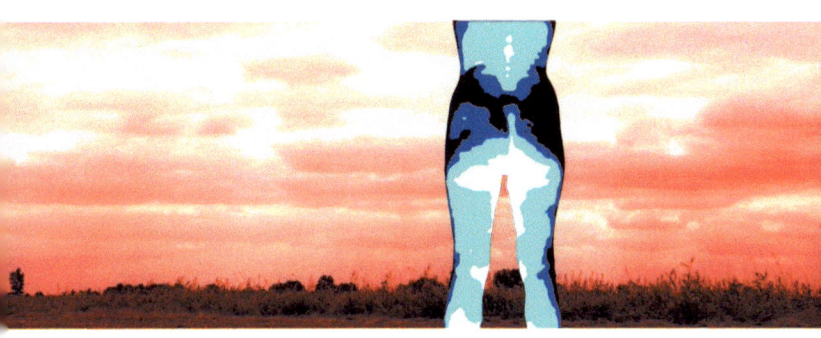

Irgendwann wurden plötzlich die Leinen an Armen und Beinen gelockert. Wir waren nicht alleine? War da ein dritte Person? Schaute uns jemand zu? Sie? Und wer war dann in mir?

Sie ließ jetzt von mir ab und drehte mich herum, ohne große Unterbrechung glitt sie auf meinen Schwanz und nach ein oder zwei Bewegungen explodierte ich in ihr. Ich packte sie an den Hüften und stieß in sie hinein, noch einmal, noch einmal, ich konnte noch immer nichts sehen, versuchte sie zu ertasten. Dann glitt sie von mir herab.

Ich hörte nur noch das Knarren der Treppe. Dann versank ich wieder in meinen Traum.

Am morgen lag sie neben mir, wie immer.

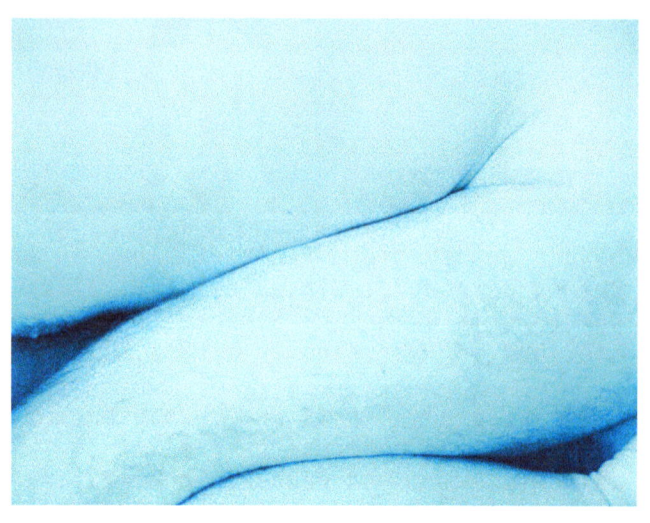

# traum-DATE

Merkwürdig: Du liegst im Bett hast geschlafen. Glaubst Du jedenfalls. Als Du zu Bett gingst warst Du allein. Er war noch nicht wieder zurück gewesen.

Und jetzt? Du kannst Dich nicht rühren? Die Arme sind oben am Bett festgemacht. Keine Chance. Die Beine sind noch frei, aber das nützt nichts, weil Du nicht hochkommen kannst. Und die Augenklappe kannst Du auch nicht abwischen....

Da ist noch jemand im Raum. Jetzt hörst Du seinen Atem. Was macht er gerade? Er weiß doch daß Du das festbinden nicht so toll findest. Oder ist er das gar nicht? Niemand antwortet auf deine Frage.

Jetzt fühlst Du plötzlich eine Schlinge um das linke Bein und gleich darauf legt sich etwas um das rechte Bein. Nein, nicht das auch noch. Du ahnst, was kommt. Du ergibst dich in dein Schicksal. Deine Beine werden gespreizt und auch noch festgebunden, wie die Arme. Nun bleibt dir nur noch der Mund, aber reden erweist sich weiterhin als zwecklos.

Ganz langsam rückt dir wieder etwas ins Bewußtsein. Du hattest es vergessen.

Da war doch vor einigen Wochen diese merkwürdige Anzeige gewesen. Jemand bot ein Blind Date an. Du hattest mit jemand Genaueres verabredet, ohne ihn zu kennen. Aber es klang sehr verlockend. Er würde innerhalb der nächsten Woche kommen, mit deinem Schlüssel ins Haus gelangen und sich über dich hermachen. Ohne sich zu erkennen zu geben. Beim Weggehen würde er den Schlüssel da lassen. Also nur einmal, ein Erlebnis auf das du keinen Einfluß hast. Genau das, wovor du immer Angst hast....

Und jetzt ist da tatsächlich jemand in deinem Zimmer. Aber wo ist er. Dein Mann ist ja weg. Noch drei Tage und Nächte ist er nicht da. Hattest Du dem anderen das nicht sogar mitgeteilt? Sonst wäre es ja auch viel zu brenzlig geworden. Also tatsächlich keine Chance. Du bist alleine. Dein Herz klopft lauter.

Was wird jetzt geschehen? Du liegst noch immer mit weit gespreizten Beinen und...

...nichts geschieht

Plötzlich, ein leichtes Huschen spürst Du auf dem Bauch, dann auf der Brüste, Sekunden später auf der Möse. Eine Feder? Ja, eine Feder berührt dich, streicht zart über Brüste und Bauch, wandert tiefer, huscht über deine Lippen.

Etwas Warmes tropft auf deine Brüste, lauft auf deinen Bauch und auf die Schenkel. Dickflüssiger als Wasser ist es, also kein...

Da, eine Hand fängt an die Flüssigkeit zu verreiben. Es ist Öl. Aber dein erster Gedanke ging in eine ganz andere Richtung.

Eine Massage ist schön.

Aufregung bemächtigt sich deiner, oder ist es Erregung?

Irgendwie fühlst du sexuelle Lust, zwischen den Beinen spürst du die Feuchtigkeit. Ob man sie schon außen sehen kann?

Er muß es ja nicht unbedingt schon jetzt merken, was mit dir los ist. Wie sehr es dir gefällt.

Immer noch fällt es Dir schwer, deine Lust zuzugeben.

Aber er hat etwas gemerkt. Sein Finger gleitet plötzlich in Dich hinein. Und schon ist er wieder hinaus und auf und davon. Am Bein, auf dem Bauch, aber dann nähert sich der Finger wieder der Möse, soll er doch bitte hereinkommen.

Aber wieder gleitet er vorbei. Ein leichtes Sehnen macht sich breit in deiner Möse. Schön wäre es, wenn der Finger endlich wieder hinein käme.

Aber was ist das überhaupt für ein Typ, der dich berührt? Plötzlich beschleicht dich ein ganz anderer Gedanke. Wenn es nun überhaupt kein Kerl ist?

Aber das ist jetzt auch egal. Hauptsache die Berührung geht weiter, das Massieren, das Streicheln, diese ölglatte Haut ist wahnsinnig erregt, giert nach mehr Körperkontakt,

Warum kommt da nicht mehr? Immer dieses Abwarten.
Die Sehnsucht brennt in deiner Haut.

Irgend etwas ist anders jetzt. Die Massage setzt wieder ein, aber... doch da ist er wieder, der Finger, er nähert sich der Möse, umkreist sie, streicht außen an den Lippen vorbei, sie sind bestimmt schon geschwollen, erregt.

Die Feuchtigkeit muß jetzt draußen sichtbar sein, aber nicht vom Öl zu unterscheiden? Oder läuft sie schon heraus?

Wieder umkreist er die Möse, pflügt jetzt zwischen den Lippen hindurch und den Bauch hinauf, umkreist den Bauchnabel und kommt zurück.

Und dann dringt er ein, langsam, ganz langsam. Vorsichtig bahnt er sich seinen Weg,

Fühlt sich dick an der Finger. Sie kann ihn deutlich in sich eindrigen fühlen. Er weitet sie.

Ganz auf deine Möse bist du angewiesen, nur sie hat Kontakt zu ihm. Noch tiefer dringt er in dich ein, leicht ist es für ihn, so erregt

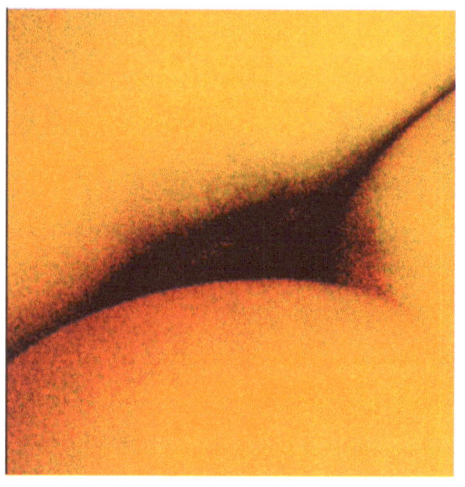

wie du bist, gierig auf einen Schwanz, der in dich hineinfährt, der dich ausfüllt.

Was ist das: zwei Hände massieren deinen Bauch, deine Hüfte, dein Becken, gleiten zur Brüste, umrunden die Brustwarze.

Aber der Finger ist noch immer in deiner Möse, bleibt ganz ruhig, ruht sich geradezu dort aus. Es ist vielleicht kein richtiger Finger? Was dann? Fühlt sich aber gut an.

Gerne würdest du dich mal bewegen, es ist nicht leicht immer mit ausgestreckten Armen zu liegen, und auch die gespreizten Beine würden gerne den Finger mal einklemmen, ihn deutlicher spüren, er könnte sich auch ruhig mal wieder bewegen.

Er muß es gespürt haben, denn plötzlich bewegt sich der Finger, gleitet heraus, dann wieder hinein, berührt die Lippen außen. Ganz langsam, einwunderschöne Gefühle machen sich in dir breit.

Ganz langsam steigt deine Erregung, wird zu Geilheit, dein Becken biegt sich nach oben, will durchbohrt werden, aber wieder schläft die Bewegung langsam ein, der Finger bleibt wieder stecken in dir. Es ist nicht zu fassen, er - oder ist es doch eine Frau? - er läßt dich einfach hängen, kurz vor dem Orgasmus, so ein Mistkerl, so ein blöder.....

Trotzdem, es ist erregend, denn der Orgasmus liegt ja noch vor dir.

Aber wie soll es jetzt weiter gehen, wie kann es überhaupt weitergehen? Was fällt ihm oder ihr als nächstes ein?

Eine leichte Decke legt sich über dich, damit Du nicht frierst? Das ist nett. Schritte entfernen sich. Irgendwann gleitest du hinüber in einen leichten Schlaf, gefesselt und mit dem Finger in der weit geöffneten Möse.

Als du am nächsten Morgen erwachst fühlst du dich zerschlagen. Denkst, du hast einen Traum gehabt, den du ihm bestimmt nie erzählen kannst - bis du den Dildo im Bett nebenan siehst...

Was war los in der letzten Nacht? Hat er dir so sehr gefehlt? Hattest du solche Lust auf ihn?

Das Haus ist verschlossen wie immer.

Aber irgend jemand hat doch einen Schlüssel von dir bekommen.

Mit der Post am Vormittag kommt dein Päckchen - zurück.

Empfänger unbekannt verzogen.

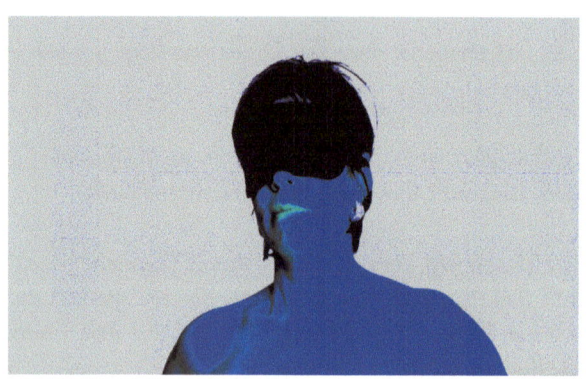

# Der Abend wurde gut.

Sie hatten beide Tee getrunken und  lasen jetzt noch etwas. Sie hatte sich einen Kunstkatalog vorgenommen, er  las in einem neuen Buch, das sie ihm zum Geburtstag geschenkt hatte. Es wurde abend. Das Wetter war noch immer sehr warm. Das Buch von ihr war sehr anregend. Es machte ihm Appetit auf sie, er spürte es sehr deutlich. Er hatte Lust auf sie. Aber er wollte sich Zeit lassen, es genießen. Aber wie?

Da kam sie ihm unbewusst zu Hilfe. Sie schlug nämlich vor, am selben abend Essen zu gehen. Er willigt er sofort ein, stellte jedoch eine Bedingung: Ohne etwas drunter! Sie lachte, aber nicht mal so ablehnend wie er im ersten Moment befürchtet hatte. „Das wird wohl etwas frisch werden..." „Na ja", meinte er daraufhin, „du kannst ja die Strümpfe anziehen und den langen wärmeren Rock, aber sonst... ." Er wiederholte seine Bitte nicht. Mal sehen, was draus wird, dachte er bei sich.

In seiner Phantasie sah er sich bereits mit ihr in einem kleinen Lokal, Händchen halten. Sie verließ ihn, wollte noch etwas malen. Er hörte sie noch die Treppe hinaufgehen, sie verschwand allerdings vorerst im Bad; jedenfalls hörte es sich so an. Gegen sieben wollten sie los. Kurz vorher ging er schnell nach oben und zog sich um. Den String statt der normalen Unterhose, kein Unterhemd, nur das schwarze Leinenhemd und die dünne Stoffhose. Er hatte fast nichts an, jedenfalls fühlte er sich so. Die Erregung in seinem Becken stieg.

Ins Bad konnte er nicht, also ging er nach unten und wartete dort auf sie. Als sie einen Moment später herunter kam, trug sie tatsächlich einen langen Rock und dazu eine schöne Bluse, geradezu verführerisch sah sie wieder aus. Sein Körper reagierte. Ob sie ...? Er beantwortete sich diese Frage nicht, versuchte allerdings mit den Augen die Abdrücke eines Slips zu finden. Es zeichnete sich nichts ab. Es blieb also alles offen. Nur zu gut wusste er, dass nicht alle ihre Slips sich unter einem Rock abzeichnen würden, jedenfalls nicht unter diesem.

Während sie zum Auto gingen gab er ihr einen Kuss, und schnell huschte seine Zunge zwischen ihre Lippen, zog sie aber genauso schnell wieder zurück. Sie lachte und fasste ihn um, ließ dann sogar noch die Hand tiefer rutschen. „Oh", meinte sie, „du hast ja gar keine Unterhose an." „Nein," kam seine Antwort, „fast keine." Sie schien sich zu freuen, denn sie packte ihn einmal so richtig an die Arschbacke. „Deine Hose ist ja wahnsinnig dünn, da fühlt man ja echt alles." Als Bestätigung drehte er sich zu ihr, nahm sie in den Arm und ließ sie den Druck seines unsichtbaren, aber sehr erigierten Penis spüren.

Wieder lachte sie leise vor sich hin, verheißungsvoll. Schließlich waren sie beim Wagen, er öffnete die Tür und ließ sie einsteigen. Einen Blick auf ihre schlanken Beine wollte er dabei erhaschen. Als Junge hatte er von so etwas geträumt, allerdings aus Angst und mangels Gelegenheit nie ausgeführt. Aber bei der Frau mit der er zusammen lebte war diese Schwelle weg. Und wer weiß, vielleicht spürte sie das ja auch – und genoss es manchmal, beobachtet zu werden. Jedenfalls gewährte sie ihm einen tiefen Einblick.

Allerdings wirklich gesehen hatte er eigentlich nichts. In seiner Phantasie sah er allerdings schon etwas. Und er wusste, was es dort zu sehen gab. Es war auf jeden Fall sehr erregend, denn sie hatte schlanke, sportlich muskulöse Beine, und sie trug Strümpfe, keine Strumpfhose.
Aber darüber? Er konnte es immer noch nicht sagen. Die Spannung in seiner Hose stieg.Wie um ihn am Kochen zu halten legte sie wie zufällig ihre Hand auf sein Bein, kraulte sogar ein

wenig die Innenseite seines Oberschenkels; oh verflucht. Er hatte schon jetzt so einen Steifen, wie sollte das nur weitergehen.

Der Weg zu dem ausgesuchten Lokal war nicht weit, beim Fahren ließ die die Aufruhr in seiner Hose wieder etwas nach. Zum Glück, denn mit so einem erigierten Penis hätte er unmöglich in das Restaurant gehen können, jeder hätte es gesehen. Warum hatte er nur kein Jacket mitgenommen?

Sie bekamen einen kleinen Tisch im hintersten Winkel des Lokales, und sie saßen übereck. Ihre Kniee berührten sich. Innerlich glühte er schon wieder, Wahnsinn, wie das nach so

vielen Jahren noch brennt, reizt, herausfordert. Und die ganze Zeit unterhielten sie sich auch noch, redeten über das was sie malte, was gelungen schien, was mal wieder nicht geklappte hatte und sie ziemlich ärgerte. Oh, sie konnte so wütend werden bei so etwas. Er liebte es, aber es machte ihm noch immer soviel Angst wie in ihrer frühesten gemeinsamen Zeit; jedenfalls beinahe.

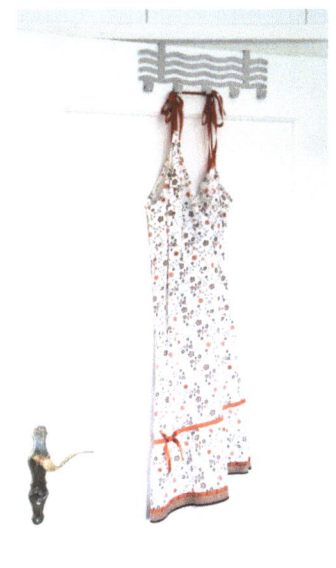

Nachdem der Wein serviert worden war, prosteten sie sich zu, sie lächelte, und nahmen einen Schluck.

Der Abend wurde gut.

# VERBOTEN

Sie hatten sich beide fertig gemacht, weil sie ausgehen wollten. Zuerst hatte er geduscht und sich umgezogen. Anschließend hatte sie das Bad mit Beschlage belegt.

Als sie schließlich herunterkam, trug sie das schwarze Kleid mit dem weich schwingenden Rock, dazu die schwarzen Pumps.

Sie sah bezaubernd aus. Sein Herz begann schneller zu schlagen. Ihr Duft, wieder hatte sie diesen betörend, frischen Duft angetan. Er liebte ihn. Wie eine reife Frucht erschien sie ihm, eine Frucht, die er auf der Stelle hätte verzehren mögen, aber nicht durfte, weil sie ja aufbrechen wollten, aufbrechen mussten..

Blitzschnell schoss ihm ein Gedanke durch den Kopf. Er küsste sie, seine Hände glitten über ihren Körper, über ihre Hüften, langsam ging er vor ihr in die Knie, seine Hände glitten weiter nach unten.

Jetzt hatten sie den Rocksaum erreicht, schnell verschwanden sie unterm Rock und glitten die Beine langsam wieder hinauf. Sie fühlten ganz langsam, was sich unter dem Rock verbarg, was seine Augen nicht sehen konnten, was aber jetzt vor seinem inneren Auge sichtbar wurde.

Trug sie Strümpfe? Ja, sie trug Seidenstrümpfe. Oder war es doch nur die Strumpfhose? Seine Fingerkuppen glitten über das seidige Material, hofften, daß es irgendwann einmal ein Ende gäbe. Und da war es erreicht - seine Fingerkuppen tasteten den Spitzenrand, es waren also Strümpfe. Er sah ihr schlankes Bein, sah die Strümpfe, er fühlte, wie das Blut in seinem Schwanz pochte. Er liebte es, wenn sie Strümpfe trug. Allein das Wissen (oder eigentlich fast die Phantasie davon), dass sie Strümpfe trug, konnte seinen Puls beschleunigen, seine Phantasie anheizen, zu gerne glitten seine Hände über den Rand dieses seidigen Materiales hinaus, auf das nackte Bein, auf die nackte Haut, so nahe schon den anderen Lippen, ihrem anderen Mund.

Er hatte also fast ihren Slip erreicht, weiteres Wandern der Finger war also möglich - im Gegensatz zur Strumpfhose, die mehr mit einem Schaufenster vergleichbar war, aber keine echte Berührung zuließ.

Sie stand vollkommen still. Was dachte sie? Hielt sie nur still oder genoß sie es ein bißchen? Hatte sie die Augen geschlossen? Er konnte ihr Gesicht nicht sehen, nicht von dort unten.

Seine Hände umfaßten jetzt ihre Beine, weich und warm war die Haut, sie glitten weiter nach oben und erreichten den Rand ihres Slip. Welcher war es? Der schöne schwarze mit dem Ausbrennergewebe? Er fühlte Spitze, d e r  konnte es also nicht sein.
Aber er konnte mit den Händen von unten eindringen, umfasste ihre Pobacken und erreichte den oberen Rand...

Und dann war da wieder dieser Gedanke -  jetzt in voller Klarheit. Er würde ihr den Slip herabziehen und sie sanft aber bestimmt zwingen s o  mit ihm zu gehen, wissend, dass sie sich sträuben würde, sich unsicher, ungeschützt fühlen würde. Aber wie konnte sie jemals den erotischen Reiz verspüren, der von solch „verbotenem" Tun ausging, wenn er sie nicht wenigstens einmal dazu zwang, ihre Angst zu überwinden. Dass er zu ihrem „Schutz" bei ihr blieb, war ja klar.

Er würde kaum gehen können, weil er so steif sein würde. Und sie?

Und während er noch dachte, machten sich seine Hände selbstständig und entführten ihren Slip blitzschnell nach unten, über den linken, dann über den rechten Fuß und schon war er in seiner Brusttasche verschwunden.

Ihr kleiner Schrei kam viel zu spät...

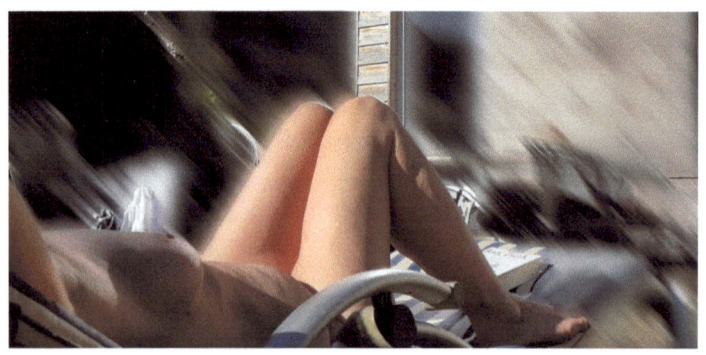

# Fähre

Der Mann begab sich nach Betreten des Schiffes sofort in das Bordrestaurant. Er trug eine Zeitung bei sich und wollte es sich ein bißchen gemütlich machen. Er war der erste Gast und wunderte sich, daß er nicht bezahlen musste, sonder statt dessen direkt an einen Tisch geführt wurde.

„Sie bezahlen erst bei Verlassen des Restaurants, weil die Getränke im Büffetpreis nicht enthalten sind" erkläre ihm die indische Bedienung. Er setzte sich an den Tisch und breitete seine Zeitung aus. Bis das Buffet freigegeben würde, sollte es noch 10 Minuten dauern....

Schon beim ersten Durchblättern fiel ihm der Artikel auf. Der Text handelt von der großen Liebesaffäre im Leben des Schriftstellers William Faulkner. Auch Briefe spielten darin eine Rolle.

Das Buffet wurde eröffnet. Langsam, in aller Ruhe und mit nur kleinen Portionen, aß er sich einmal durch das ganze Buffet. Es war ausgezeichnet. Endlich war er fertig, saß da und hatte nur noch ein bißchen Käse vor sich stehen. Er war gesättigt und wohl auch etwas müde.

Als er schließlich zur Kasse ging, um sein Essen zu bezahlen, hatte der Seegang stark zugenommen und er schwankte recht heftig hin und her. Fast wäre er gestürzt.

In der Mitte des Schiffes ist es immer noch am günstigsten, hatte der Mann an der Kasse gesagt. Dort wollte er sich ein bißchen hinlegen und dösen. Schließlich war noch viel Zeit bis er ankommen würde.

Er fand eine Bank, die nur nur zur Hälfte belegt war. Eine junge Frau hatte sich dort bereits niedergelassen. Der Rucksack stand zu ihren Füßen. Sie schien zu schlafen. So setzte er sich seine Kopfhörer auf und schaltete das Gerät ein. Musik erklang - unhörbar für die Umwelt, doch für ihn war es Traummusik.

Er streckte sich aus und schloß die Augen. Sein Körper schwang mit den Bewegungen des Schiffes, wurde weicher, sperrte sich nicht mehr so, er träumte sich davon, begleitet von der Musik seines Lieblingssängers.

Seine Gedanken flogen nach hause - zu ihr. Sie wartete wohl noch nicht direkt auf ihn. Schließlich konnte er ja noch gar nicht da sein. Aber daß sie Sehnsucht hatte, war vorhin am Telefon deutlich zu spüren gewesen. Und er sehnte sich auch. Nach ihrer Nähe, der Wärme ihres Körpers, ihren streichelnden Händen......

Im Halbschlaf bemerkte er wie er steif wurde vor Sehnsucht, vor Begierde nach ihr. Er stellte sich vor, wie er heim käme heute abend, wie sie ihn empfangen würde. Sie würden sich in den Arm nehmen, küssen. Und dann? Würden sie gleich ins Bett gehen? Oder wäre das zu gierig? Wie wäre es aber, wenn er sie ein bißchen scharf machen könnte, vorher schon. So scharf wie er im Moment auf sie war.

Aber wie? Wieder glitten seine Gedanken davon, „blind date" schoß es ihm durch den Kopf,
man müßte ein „blind date" ... . Der Gedanke
war faszinierend - aber leider unmöglich. Aber
plötzlich hatte er eine andere Idee.

Er würde sie vorher anrufen. Natürlich würde sie ihn schon an der Stimme erkennen, also
„blind" würde es nicht sein. Aber vielleicht
könnte er sie bitten, schon vorbereitet zu
sein, wenn er käme...

Er begann sich das ganze etwas genauer auszu-
malen. Wie ein Film begann es vor seinem inneren Auge abzulaufen.

Ein Telefon: Ein Mann sitzt im Auto und te-
lefoniert. Er spricht mit gedämpfter Stimme,
damit niemand zuhören kann.

„Hallo mein Schatz, mir geht es gut. Es ist
jetzt 16:45, ich bin jetzt auf der Autobahn
bei.......... Die nächsten Anrufe darfst du
bitte nur alleine anhören. Unbedingt!„ Der
Mann beendet das Gespräch, startet den Wagen
und fährt wieder los.

Es ist 17:15. Der Mann hält wieder an, wählt
erneut die gleiche Nummer:

„Hoffentlich bist du jetzt allein. Ich möchte, daß du alles tust was ich dir sage - alles!" Seine Stimme klingt etwas härter und
fordernder. „Du gehst jetzt nach oben ins Bad
und ziehst dich aus, ganz nackend. Anschließend gehst du an meinen Schreibtisch und öff-
nest den weißen Briefumschlag in der mittleren
Schublade. Darin findest Du einen Slip. Er ist

offen im Schritt. Lege ihn ins Bad, dann holst du dir den schwarzen Strumpfgürtel dazu und schließlich die schwarzen Strümpfe, die mit der Naht. Dann gehst du unter die Dusche. Ich melde mich wieder. Das nächste Gespräch führen wir nach dem Duschen."

Er beendete das Gespräch, hält zehn Minuten später erneut und wählt sofort wieder die gleiche Nummer.

„Frisch geduscht und jetzt im Bademantel? Ich möchte, daß du anschließend wieder ins Bad gehst, dir das Rasierzeug bereit legst und deine Möse wieder ganz glatt rasierst - du weißt schon, so wie wir es neulich schon einmal gemacht haben. Ich möchte deine Lippen sehen. Ich möchte, daß dein kleiner Matz und deine Lippen unten aus dem Slip herausschaut."

Wieder beendet er das Gespräch, fährt weitere zehn Minuten und wählt dann erneut die Nummer und spricht auf das Band.

"Jetzt bist du rasiert und hast eine blanke Möse? Oh, ich freue mich bei dem Gedanken daran. Ich bin total erregt, wenn ich mir vorstelle, wie du jetzt aussiehst. Ich kann es kaum abwarten, deine Möse zu sehen, darüber zu streichen. Deinen kleinen Matz weiter hervorzulocken, ihn zu streicheln und zu saugen. Fühle doch mal zwischen deine Beine, ob da nicht schon ein bißchen Feuchtigkeit....? Nach diesem Anruf gehst du wirfst Du das rote Kleid über.

Derweil sitze ich hier alleine auf dem Parkplatz und schaue auf mich herab."

Fünfzig Minuten später hält er wieder an, um zu telefonieren. Er wählt die Nummer, lauscht auf die Stimme und legt dann ohne ein Wort wieder auf.

Es war die Stimme seiner Tochter, die gerade nach Hause gekommen war.

# Great balls of fire

Irgendetwas war anders in meinem Zimmer als ich wch wurde Ich hielt den Atem an.

Nichts war zuhören. Langsam legte sich der Schlaf wieder auf meine Augen. Ich fing an zu schweben. Die Augen geschlossen, spürte ich meinen Körper um so deutlicher. Die Beine wurden schwer, die Arme lagen neben mir. Mein Atem ging ruhig. Auf meiner Brust und meinem Bauch spürte ich den leichten Druck meiner Sommersteppdecke.

Ich wollte anders liegen, mich auf die Seite legen. Aber es ging nicht. Ich musste mich aber drehen. Aber beim besten Willen: meinen Körper konnte ich nicht drehen. Ich war wie festgeschraubt. Das Bedürfnis zu Drehen blieb, wurde dringender. Ich wollte aufwachen, wollte die Augen öffnen. Aber alles blieb dunkel, nichts rührte sich.

So lag ich eine Ewigkeit, vielleicht war ich auch wieder eingeschlafen; plötzlich spürte ich, dass sich meine Beine spreizten. Es war als wäre ich daran nicht beteiligt. Ich wollte mich aufrichten, konnte es aber nicht. Ich wollte das Licht anmachen, aber ich konnte den Arm nicht bewegen - noch immer nicht. Alles blieb dunkel. Plötzlich bewegten sich meine Arme nach oben, wieder konnte ich sie nicht beeinflussen. Wie ein x lag ich in meinem Bett. Unfreiwillig, aber  nicht wirklich beängstigt. Meine Decke war verschwunden, komisch dass mir das nicht schon viel eher aufgefallen war. Auch mein Nachthemd war verschwunden.

Ich lag nackend auf meinem Bett und konnte mich überhaupt nicht bewegen.

Es dauerte nicht lange da fühlte ich ein ganz leichtes Streicheln auf den Beinen, es war feucht, aber nicht unangenehm, die Feuchtigkeit schien ölig zu sein. Die Haut wurde warm. Sie begann zu prickeln. Auch mein Bauch, meine Brüste wurde eingerieben, massiert mit ganz leichter Hand. Alles begann zu prickeln, eine unwahrscheinliche Hitze begann sich meiner zu bemächtigen.

Und noch immer war ich bewegungsunfähig und weit geöffnet.

Meine Hitze begann sich zu sehnen, sie wollte sich konzentrieren in meinem Geschlecht. Und da war endlich die leichte Berührung auf meiner Möse. Intensiv wie noch nie, denn ich hatte vor einigen Tagen meine Scham rasiert. Ich wollte einfach mal wissen, wie es sich ohne Haare liebt. Es war phantastisch; wahnsinnig direkt, musste aber sehr gepflegt werden damit es nicht kratzt.

Dieses leichte Gleiten auf der Haut, außen an den Lippen meiner Scham entlang, hinauf auf die Lenden, die Hüftknochen entlang, ich wollte mich der Hand entgegen biegen - aber ich war fest und unbeweglich. Verdammt dazu alles nur passiv zu ertragen, auszuhalten - zu genießen?

Plötzlich glitt etwas direkt über meine Klitoris in meine Schlitz hinein. Irgendetwas war in mir. Ich fühlte es, hatte aber keine Idee, um was es sich handelte. Und das

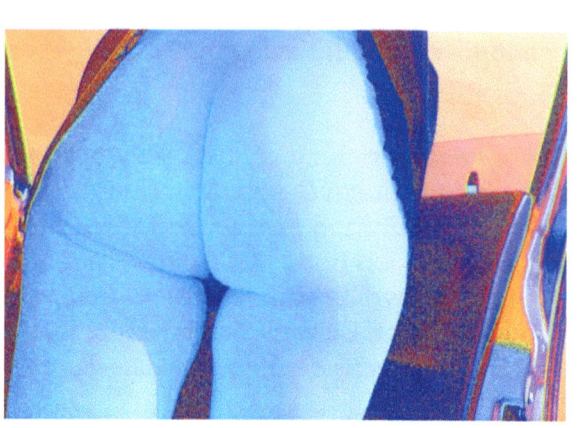

Gleiten, Streicheln wurde fortgesetzt. Und erneut glitt etwas in meinen Schlitz hinein, dehnte mich. Aber ich wusste nicht, was mit mir los war. Was sich in meiner Höhle befand. Das leichte Gleiten und Massieren wurde allmählich immer schwächer und verschwand. Ich lag allein - aufgeladen, erhitzt und feucht. Ich wollte mich selbst berühren, den Bewegungen der Hand gleich kommen, mich streicheln, mich erlösen. Und plötzlich ging es. Ich konnte mich bewegen, konnte mich drehen, konnte mich auf die Seite legen.

Aber ich spürte etwas in mir, etwas bewegte sich noch zusätzlich in meiner Höhle. Von außen war nichts zu sehen, kein Dildo oder Massagestab. Nichts. Aber wann immer ich mich bewegte, ES bewegte sich in mir. Ich stand vorsichtig auf, bewegte mich im Zimmer, etwas rollte in mir ganz leicht hin und her. Ich begann mich schneller zu bewegen, zu tanzen mit wiegenden Hüften, mein Becken bewegte sich. Immer gab es einen Nach-klang in meinem Becken.

Es war erotisch, erregte mich, machte mir Lust auf mich. Schließlich legte ich meine Hand auf meine Höhle und streichelte mich. Ich wollte aber nicht stehen, ich wollte entspannt sein und liegen. Die Bewegungen in mir waren auch weiterhin ein Nachklang meiner eige-nen Bewegung.

Schneller wurde mein Becken, immer schneller. Meine Möse rieb sich an meiner rechten Hand. Sie war inzwi-schen total nass, trotzdem war das Öl gut für meine rasierte Haut. Mein großer Finger, meine Hand schob sich in mich hinein, - aber tief in mir stieß sie auf etwas Rundes.

Dabei berührte ich den empfindlicen Punkt weiter vorne in der Scheide, rieb ganz zart an ihm und mit einem Stöhnen presste sich mein ganzes Becken auf meine Hand, rieb sich meine Liebeshöhle an meiner Hand und ein Höhepunkt brach über mich herein wie ich ihn selten erlebt habe.

Inzwischen wurde mir alles klar. Die japanischen Kugel! Vor kurzem war der Gedanke da gewesen. Immer wieder war er mir durch den Kopf gegangen. Er hatte mich geradezu fasziniert. In einem Buch, das ich vor Jahren in den Händen hielt, hatte ich bereits über sie gelesen. Es war ein asiatisches Buch über Liebe, über Sexualität. Ganz besonders für Frauen.

Und ich wollte sie schon immer ausprobieren, hatte aber nicht gewusst wo ich sie bekommen konnte. Und nun hatte ich sie in mir?

Nachdem ich mich etwas erholt hatte, bewegte ich mich wieder und konnte sie erneut spüren. Ich setzte mich auf, spreizte die Beine und glitt mit zwei Fingern in mich hinein, noch immer war ich nass, aber ich konnte ein kleines Bändchen spüren und zog daran.

Mit einem kleinen schmatzenden Geräusch erschienen sie zwischen meinen Lippen. Tatsächlich, es waren zwei mit einer Schnur verbundene Kugeln in denen sich eine weitere Kugel befinden musste, jedenfalls dem Gefühl und dem Geräusch nach zu urteilen, das sie erzeugten.

Aber wer hatte von meinen Wunsch geahnt, hatte sie gekauft und in mich hineingetan?

# Walking the dog -
# Gassigehen mit dem Hund

Oft war ich schon oft hier entlang gekommen - tags, aber auch nachts, mit dem Hund. Aber noch nie war mir dieses beleuchtete Fenster aufgefallen. Ich zögerte einen Moment, als ich eine Figur drinnen erkennen konnte.

Es war ein Mann. Ich konnte erkennen, dass er kein Shirt trug sondern nur in seinem Zimmer auf und ablief. Er schien gut gebaut zu sein, kräftig und mit muskulösem Oberkörper.

Vielleicht war er dabei sich auszuziehen, spät genug fürs Bett war es ja auch. Ich selbst war erst vor kurzem nach Hause gekommen, aber das war normal, weil ich in dieser Woche Spätschicht hatte. Manchmal konnte ich jetzt sein Gesicht sehen, stellte dabei aber fest, dass ich ihm noch nie begegnet war. Er musste neu sein in dieser Gegend.

Dann verschwand er und im Nebenzimmer ging ein weiteres Licht an. Nun konnte ich ihn aber nicht mehr beobachten. Was sollte ich tun. Irgendwie war ich neugierig geworden, fühlte so ein leichtes Kribbeln auf der Bauchdecke.

Ich schlich etwas näher ans Haus heran, schlich sogar über den Rasen. Plötzlich prallte ich zurück. Er stand an einer Terassentür und schaute in meine Richtung. Hatte er mich gesehen? Er rührte sich nicht. Er war er inzwischen total nackt. Sein Schwanz ragte steil empor. Geradezu riesig erschien er mir, konnte das sein, solch ein riesiges Glied?

Ich traute meinen Augen nicht als ich plötzlich Hände auf seinem nackten Körper bemerkte. Er war nicht allein. Aber wer war bei ihm? Kannte ich sie? Noch konnte ich nichts erkennen. Die Person musste direkt hinter ihm stehen, die Hände glitten nach unten, berührten seinem Hodensack und seinen steifen Schwanz, und wieder zurück über seinen Bauch hinauf zur den Brustwarzen.

Sein Schwanz schien fast zu bersten, immer wieder sah ich die pumpende Bewegung, die ich als Ausdruck stärkster Geilheit, stärkster Erregung kennengelernt hatte. Dieser Mann war äußerst erregt.

Da drehte er sich langsam und wendete mir seine Hinterbacken zu, rund und voll. Solch ein Arsch war selten. Und jetzt bemerkte ich eine weiteren möglichen Grund für seine Aufregung: seine Hände waren auf den Rücken gefesselt. Mit einer Polizeihandschelle zusammengeschlossen..

Wieder sah ich die fremden Hände an seinem Körper, jetzt glitten sie rechts und links an an ihm hinauf, die Person blieb aber weiterhin verborgen hinter »seiner" Silhouette. Irgendetwas geschah dort. Sein Körper war in leichte schwingende Bewegung geraten. Er zuckte immer heftiger, ging aber nicht weg.

Wurde er von vorne mit dem Mund bearbeitet? Ich merkte, dass ich erregt war; ich spürte es bereits zwischen den Beinen. Gerne hätte ich mehr gesehen.

Plötzlich gab ein knallendes Geräusch, der Mann

zuckte zusammen. Neben ihm stand jetzt eine weitere Figur. Ich konnte sie nicht genau erkennen. War es ein Mann oder war es eine Frau? In der rechten Hand lag eine kurze geschwänzte Peitsche, die ihn getroffen hatte. Erneut gab es Hiebe, er zuckte und wand sich, ging aber nicht von der Stelle, stand aufrecht mit seinem steifen Schwanz. Der Grund wurde mir plötzlich klar: an seinem Hals befand sich eine Kette. Sie war an der Decke festgemacht und gab ihm nur wenig Bewegungsraum.

Er versuchte auszuweichen, kam aber nicht sehr weit damit und wurde wieder und wieder getroffen. Die ersten Striemen waren rot auf seiner Haut zu sehen. Aber das sah nur ich, denn der Mann trug eine Augenbinde. Vorher war mir das nicht aufgefallen.

Zwischen meinen Beinen spürte ich immer deutlicher die geschwollenen Lippen, meine Erregung steigerte sich. Die Feuchtigkeit zwischen meinen Beinen wurde immer mehr. Aber wie würde es weitergehen?

Wie ging so etwas weiter?

Plötzlich schlug jedenfalls auf dem Grundstück eine Hund an. Die Person mit der Peitsche stutze, zögerte - und zog als erstes die Gardinen zu.

Da stand ich nun im Dunklen. Vorsichtig zog ich mich von dem Grundstück zurück und ging nach Hause. Meine Erregung blieb bis ich im Bett war.

Immer wieder ging mir dieses Bild durch den Kopf. Der Mann mit dem hochaufragenden Schwanz. Wie es wohl sein musste, von diesem

Schwanz gevögelt zu werden? Soo ausgefüllt zu werden, ich glaube, ich habe noch nie einen so großen Schwanz in mir gehabt.

Und während ich noch an ihn dachte, streichelte ich mich. Und zum Schluss nahm ich meinen dicken Tröster vom Nachttisch. Dabei drückte ich ganz zart meine Lippen an meine Klitoris bis ich zu einem wunderbaren „gevögelten" Orgasmus kam. Total zufrieden schlief ich ein.

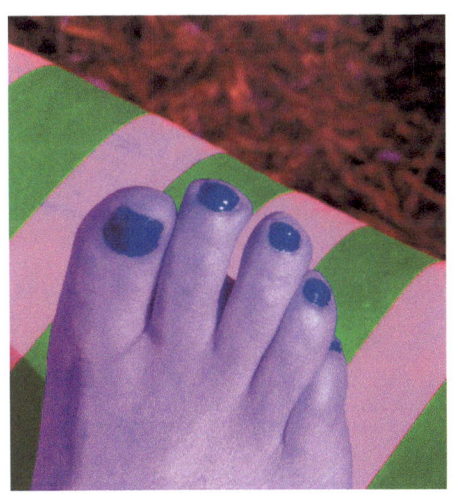

# Verfügbar

Ein leichtes Streicheln über meinen Bauch, schlich sich in meine Träume. Schlief ich und träumte oder geschah es wirklich?

Ich lag auf der Seite, nicht embryonal, wie Sie vielleicht denken, sondern mit langgestreckten Beinen. Mein Bauch ist nicht sehr klein, er lag rundlich und weich wie er war, auf der Matratze. Ich fühlte eine leichte Hand, aber ich beschloss, nicht aufzuwachen, sondern zu warten, am besten weiterzuschlafen und weiterzuträumen.

Die Hand umkreiste meinen Bauchnabel und machte sich auf den Weg nach oben. In meinen Brusthaaren blieb sie liegen. Nur ein Finger bewegte sich manchmal, streichelte mich ganz zärtlich. Wickelten Haare um den Finger.

Ganz leichte schwebte ich durch meinen Traum.

Die Finger der Hand machten sich wieder auf die Suche. Jetzt umkreisten sie meine linke Brustwarze. Sie waren erst zufrieden, als sie sich aufrichtete. Mir schien, es als sei sie direkt mit anderen Teilen meines Körpers verbunden. Ein Zucken durchlief mich – bis zu den Füssen. Und mein Schwanz begann sich aufzurichten.

Doch davon nahm diese Hand keinerlei Notiz, wie konnte sie auch. Sie war ja eben dabei, die andere Brustwarze zu umkreisen. Und natürlich dauerte es nicht lange, da richtete auch diese sich auf. Mir liefen wieder wohlige Schauer die Wirbelsäule herab – direkt ins Zentrum meiner Lust. Es endete damit, dass der Penis sich vollständig aufrichtete und „pumpte"; als wenn er schon an seinem Höhepunkt angekommen wäre.

Diese Vorlust zu genießen war genau das Schöne an meinem Traum. Auch in der Realität liebe ich genau diese Phase der Zärtlichkeit. Die Lust ist schon riesengroß, aber noch ist nicht der Zeitpunkt, ihr endgültig nachzugeben. Und diese Lust läßt sich hinauszögern, sie muss hinausgezögert werden. Um größer und intensiver zu werden? Vielleicht. Vielleicht auch um alles zu verlängern, um in der Zwischenzeit, sich um ihre Lust zu kümmern. Diese Wechselwirkungen mit ihr und ihrer Lust sind ein wichtiger Teil unserer Liebe, der wichtigste vielleicht.

Ich war sicher, dass SIE wie ein Löffel hinter mir lag und mich streichelte. Schließlich hatten wir so gelegen als wir einschlafen wollten. Und es war diese Sicherheit, die es mir erlaubte weiterzuträumen.

Die Hand hatte sich inzwischen nach unten bewegt und umschloss jetzt meinen Hodensack, dann glitt sie außen am Glied wieder nach oben. Es „pumpte" wieder wie wild. Nun berührte ein Finger die Spitze der Eichel und ich spürte, dass das gefährliche Tröpfchen bereits ausgetreten war. Der Finger verrieb es ganz leicht über die Eichel. Sie hätte platzen können vor Lust. An meinen Pobacken spürte ich einen leisen Druck – „sie" presste ihr Becken dagegen, ganz deutlich konnte ich das Schambein an meinem nun angespannten Muskel spüren. Ich genoss es – es bedeutete mir: heute brauchst du nicht zu handeln, heute wird über dich verfügt.

Schon zog sich das Becken wieder etwas zurück und die Hand trat an ihre Stelle. Ich wurde wieder ganz weich, fast versank ich in der Matratze. Ich drehte mich ganz leicht nach vorne und winkelte das rechte Bein an. Die Hand streichelte über meine rechte Pobacke, packte sie richtig kräftig, knetete sie genießerisch und versank in der Vertiefung, in dem Graben zur anderen Backe. Ich lag nun fast auf dem Bauch, an der Hüfte spürte ich wieder den Druck ihres Schambeines.

Ich spannte die linke Pobacke an. Es sollte so etwas wie ein Signal sein. „Es gefällt mir ganz ungemein," sollte es mitteilen, und „Mach weiter so." Das Signal schien angekommen zu sein, denn nun schob sich ihr Körper ganz langsam auf mich. Ich spürte ihr Gewicht, es drückte mich in die Matratze. Aber noch bekam ich genug Luft.

Es setzte sich aber nicht das fort, was ich erwartet hatte. Nein, sie glitt nach unten und kniete sich zwischen meine gespreizten Beine. Ich lag also total ausgebreitet vor ihr, zu ihrer Verfügung. Dann muss sie wohl sich die Flasche mit dem Körperöl geschnappt haben, denn plötzlich floss etwas Feuchtes auf meinen Rücken und wurde unglaublich sanft auf meiner Haut verteilt.

Synchron bewegten sich jetzt beide Hände über meinen Rücken. Und sie sparten auch nicht meine Pobacken aus. Schon glitt der eine Finger wie zufällig in meine kleine hintere Öffnung. Machte Appetit auf das, was vielleicht noch kommen sollte? Bevor ich mich jedoch versah, war er aber schon wieder auf und davon.

Ich lag einfach nur da und fühlte. Genau genommen schwebte ich noch immer. Ich wusste auch gar nicht, was ich hätte tun können oder sollen. Als nun beide Hände sich seitlich an meiner Hüfte entlang bewegten, hob ich mich etwas an und siehe da: beide Hände schoben sich unter meinen Körper und nun wurde „er" auch eingeölt. Ich machte ein paar stoßende Bewegungen mit dem Becken. Er bewegte sich in ihren Händen. Welch angenehmes Gefühl. Sekunden später glitten beide Hände wieder über meinen Rücken hinauf.

Gerade driftete ich komplett ab in meinen Träume, als ich wieder ihren Körper auf meinem Rücken spürte. Erst das Becken auf meinem Po, dann den Bauch und die Brüste auf dem Rücken; und dann ließ sie locker und ich spürte ihr ganzes Gewicht. Minutenlang lag sie ganz still. Dann: ganz leicht bewegte sie sich hin und her, mit dem Öl zwischen uns war das ein äußerst angenehmes streichelndes Gefühl auf der Haut.

Ich spannte erneut meine Pomuskeln an. Gleich spürte ich wieder ihren Gegendruck. Langsam ging es hin und her, immer abwechselnd. Wie zufällig machte ich gleichfalls leichte Bewegungen mit dem Becken. Ich war nur noch Glied und Po, hatte aufgehört zu sein, war nur noch fühlende Haut und Muskel im Po. Ich hörte ein leichtes Stöhnen hinter mir, das Tempo der Bewegungen beschleunigte sich, der Druck wurde größer.

Ich hatte inzwischen mein Gesicht in den Spalt zwischen den beiden Matratzen gelegt, so konnte ich noch Luft schnappen ohne das schöne Spiel abbrechen zu müssen. Leider verließ mich jetzt ihr Oberkörper, sie stützte sich auf die Arme, erhöhte aber den Druck auf mein Becken. Und ich erhöhte den Gegendruck, spannte meine Pomuskeln bis zu Äußersten an, ging ganz etwas auf die Knie, stützte mich mich auf die Unterarme.

Als ich an meinem Körper hinuntersah, konnte ich „ihn" erkennen, in voller Größer stand er ab von meinem Körper. Ich bewegte mich, als wenn ich in den Körper einer Frau eindringen könnte. Ich spürte, auch ich war einem Höhepunkt nicht mehr fern. Aber noch war sie hinter mir, bestimmte das Tempo und den Druck.

Sie schlief mit mir, sie nahm mich – und bestimmte über sich und über mich. Ich fühlte mich gebraucht, genommen aber nicht missbraucht. Ich genoss die Passivität, fühlte mich als Auslöser ihrer Lust und als Gegenstand ihrer Begierde. Es erregte mich, dass sie sich an mir erregte. Derweil ich so träumte, steigerte sich ihr Tempo weiter, ich hörte ihr Keuchen, sie sagte aber nichts - leider.

Ich glaube, es würde mich unheimlich antörnen, geradezu aufregen, wenn sie sie reden, schreien, rufen, mich oder sich anfeuern würde. So tat ich es selbst. Es feuert mich auch an, wenn ich es selber mache. Mir scheint, dass meistens, wenn ich es tue, sich auch ihre Lust, ihre Geilheit steigert – und damit auch wieder meine eigene. So greift alles ineinander. Nichts ist nur für mich allein, nichts ist nur für den Partner. Ihr Keuchen beschleunigte sich, mein Anfeuern zog nach, mein Gegendruck erhöhte sich, meine Bewegungen wurden schneller, intensiver, aber nun verzögerte ich. Ich wollte ihren Höhepunkt zuerst fühlen – und dann erst den meinen. Es würde intensiver sein; nach meinem eigenen Höhepunkt ist meine Aufmerksamkeit und Bereitschaft zu Fühlen einige Zeit verringert.

Dann war sie endlich soweit, mit einem Aufseufzen „brach" sie auf mir zusammen, ich sank auf die Matratze, machte noch ein paar Bewegungen und kam ebenfalls. Schwer lag sie auf meinem Rücken, weich wie ich es sonst nie erlebe, nass, innerlich und äußerlich, abgekämpft, aber zufrieden. Es war so schön, dass ich sofort hätte abheben können, abheben ins Jenseits – mit ihr auf dem Rücken.

## Der Garten

Es war noch früh, als er nach Hause kam. Niemand
öffnete ihm die Tür: War sie nicht zu Hause? Er legte
seine Tasche an ihren Platz und ging nach oben. Aber
dort war sie auch nicht. Also ging er ins Bad und dusch-
te ganz schnell. Vom Zimmer nebenan warf er einen
Blick in den Garten, das Wetter war schön.

Und da sah er sie. Sie lag auf der Liege im Garten und
schlief. Offensichtlich hatte sie sich zum Sonnen hin-
gelegt und war eingeschlafen. Denn sie hatte nichts an.
Er überlegte kurz, aber die Nachbarn waren entweder
noch nicht da, oder sie konnten sie an dieser Stelle des
Gartens nicht sehen. Und wenn doch? Dann würden sie
bald etwas äußerst Interessantes zu sehen bekommen.
Er trocknete sich fertig ab und ging leise nach unten,
betrat die Terrasse.

Sie lag auf dem Rücken. Von hier waren es nur fünf
Schritte. Er konnte sie  sehen. Seine eigene Erregung

war nicht mehr zu verbergen. Während er noch überlegte, wie er vorgehen sollte, drehte sie sich auf den
Bauch. Jetzt war alles klar. Er näherte sich ihr ganz
leise und küsste ihre Füße. Nur wie ein Hauch. Sie sollte gar nicht wirklich aufwachen davon.

Vorsichtig berührte er ihre Unterschenkel mit seinen
Lippen. Sie rührte sich nicht. Es war nicht ganz einfach, aber er wollte sie nicht mit den Händen berühren, nur mit den Lippen. So blieb ihm nur der Versuch,
sich an der Liege abzustützen; so konnte er sich weiter
die Beine hinaufschleichen, ganz langsam, ganz vorsichtig. Es sollte ihr vorkommen, als ob sie träumt.

Noch immer rührte sie sich nicht. Breitbeinig musste er sich inzwischen über sie beugen, sicherlich ein
erregender Anblick für einen unbemerkten Beobach-
ter. Plötzlich räkelte sie sich im Schlaf ein wenig. Das
Ergebnis war, dass sich ihre Schenkel etwas mehr
geöffnet hatten. Er konnte mehr sehen, er konnte ganz
sanft hineinatmen. Die warme Luft seines Atems musste sie erregen, denn sie gelangte jetzt direkt an ihre
Lippen. Wie gut, dass sie vor einigen Tagen den Wald
etwas zurückgeschnitten hatten. Davon profitierten sie
jetzt beide. Er konnte besser sehen, wo er hinwollte
und sie konnte sicherlich besser seinen heißen Atem
spüren.

Auf dem Rücken spürte er die Sonne, ihm wurde heißer
und heißer; auch seine Erregung war noch weiter ge-
stiegen. Aber er hatte Zeit, hatte noch viel Zeit. Ganz
langsam atmete er sich ihr Rückgrat empor, Wirbel für
Wirbel. Er musste seine Lippen schön feucht halten,
damit es nur ein hauchfeines Gleiten über die Haut

erzeugte, Aber es ging. Zwar hätte er sie am liebsten direkt und auf der Stelle durchbohrt, wusste jedoch, dass mehr Zeit einen längeren Genuss versprach. So ließ er sich also ganz sanft wieder den Rücken hinabgleiten und verlangsamte seine Bewegung noch einmal als er sich den Pobacken näherte. Mehr Speichel sonderte er ab, viel mehr. Der Spalt musste ganz nass werden. Ganz zart ließ er jetzt seine Nase durch diesen feuchten Spalt gleiten. Er gab willig nach, öffnete sich. Der Speichel war eben ein gutes Gleitmittel.

Noch einmal gab er ganz viel Speichel frei, er lief zu ihrer Möse hinab. Von außen war noch nicht zu sehen, ob und wieweit sie feucht war... Und nun huschte er mit den Lippen nur noch ganz leicht das eine Bein bis zum Fuß hinunter und verließ ihren Körper.

Er stand an ihrem Fußende und betrachte ihren Schlaf. Ein unendlich zärtliche Gefühl überkam ihn. Er wollte sie endlich berühren, sie endlich ganz spüren. Ganz vorsichtig landete seine linke Hand auf der einen Pobacke, wanderte aber schnell zum Ende der Wirbelsäule, oben am Ende oder Anfang des Spaltes. Die andere Hand schob sich ganz langsam ans untere Ende des Spaltes, dort wo noch der Speichel glänzte. Der Mittelfinger berührte die Lippen, verteilte ihn ein wenig mehr, versuchte Kontakt zu ihrer Feuchtigkeit herzustellen.

Es dauerte nicht lange, da glitt der Finger zwischen den Lippen  hindurch, ganz leicht, bis nach vorne zur Klitoris. Ihre Beine öffneten sich ein wenig mehr, wie um der Hand mehr Raum zu geben. Während die eine Hand noch am oberen Ende des Spaltes an der Wirbelsäule befand und ganz leichte kreisende Bewegungen machte, schob sich also die andere Hand noch etwas weiter unter sie. Der aufgestellte Daumen begrenzte dann jedoch die Vorwärtsbewegung, weil er die Lippen berührte.

So lag diese Hand ganz still, derweil die andere noch immer kleine Kreise vollführte. Und irgendwann, fast unmerklich begann sich ihr Becken zu bewegen. Ganz langsame, kreisförmige Bewegungen wurden erkennbar. Schließlich synchronisierten sich die Bewegungen der Hand auf dem Rücken mit der Beckenbewegung, der Druck auf die untere Hand wurde größer.

Der Mittelfinger hob sich etwas, versuchte etwas deutlicher zwischen die Lippen zu gelangen und dem Kitzler Gegendruck zu bieten. Aber letztlich hatte sie schon längst die Regie übernommen.

Er liebte es, sie so zu sehen. Er liebte sie dafür, dass sie aktiv wurde. Er liebte ihre Lust, die nun immer stärker wurde, immer deutlicher sichtbar, sich in immer schnelleren Bewegungen  ausleben wollte. Er liebte natürlich auch, dass er an dieser Lust beteiligt war.

Die Rückenhand hatte schon vor einiger Zeit aufgeben müssen. Er konzentrierte sich jetzt nur noch auf die untere Hand und fühlte sie, ihren Druck, ihre Bewegung, ihre zunehmende Feuchtigkeit.

Ihr ganzer Körper bewegte sich inzwischen. Er schickte seine freigewordene Hand nach oben zu ihrer Brüste, an ihre Brustwarze. Sie war steif, hart, erigiert. Vorsichtig und doch nicht zu zart rieb er sie zwischen Daumen und Zeigefinger. Leise stöhnte sie auf. Inzwischen hatte ihre eigene Hand die andere Brustwarze erreicht; sie wusste sicher besser, was sie brauchte, also zog er seine Hand langsam wieder zurück und ließ sie über die linke Pobacke gleiten.

Ein schöne Portion Speichel und der Finger war weitergewandert, kreiste an ihrer Rosette. Jetzt konnte er bemerken, dass sie das Tempo noch einmal beschleunigte, der Druck auf die Hand wurde noch größer, ihre eigene Hand knete ihre Brust, sie stöhnte und stöhnte. Noch mehr Speichel auf die Rosette, der Daumen seiner anderen Hand glitt tiefer zwischen ihre Lippen, in ihre Scheide, wie ein zu kurzer Penis, aber vielleicht nützte er ja trotzdem. Der Finger an der Rosette glitt hinein und in selben Moment kam sie, ein Stöhnen, Seufzen, Jaulen sagte ihm Bescheid.

Er war glücklich, er hatte soviel gesehen, gefühlt,

gespürt. Er liebt sie dafür, er betrachtet es als Geschenk, dass sie sich so gehen ließ. Noch immer war er natürlich wahnsinnig erregt und wollte sie nehmen, wollte in sie dringen, in ihrer Feuchtigkeit ertrinken. Also zog er ganz vorsichtig die Hand unter ihr hervor, spreizte ihre Beine noch weiter, sah ihre Möse vor sich, offen und von Feuchtigkeit glänzend, außen die großen, weichen Schamlippen, geschwollen und mit Blut gefüllt, dazwischen die Kleinen und die Klitoris...

Seine Beine standen wieder rechts und links der Liege, er beugte sich über sie, senkte seinen Körper ab und drang in sie ein. Es war wahnsinnig, sie hob ihm ihr Becken entgegen, leicht konnte er eindringen, er bewegte sich, sein Becken klatschte gegen ihre Backen, er verlangsamte etwas, packte ihre Schulter, stützte sich bei ihr ab, verkrallte sich, und dann kam auch er. Er ließ es laufen. Dann bewegte er sich noch einige Male heftiger, genoss ihren Anblick. Vögelte sie also ganz bewusst von hinten und mit Genuss und sank schließlich auf ihr zusammen.

Sie waren beide schweißgebadet, aber glücklich.

Im Bett wäre es vielleicht bequemer gewesen. Im Garten jedoch hatte es einen besonderen Reiz.

Und ob von irgendwo noch jemand zugeschaut hatte, wissen sie bis heute nicht.

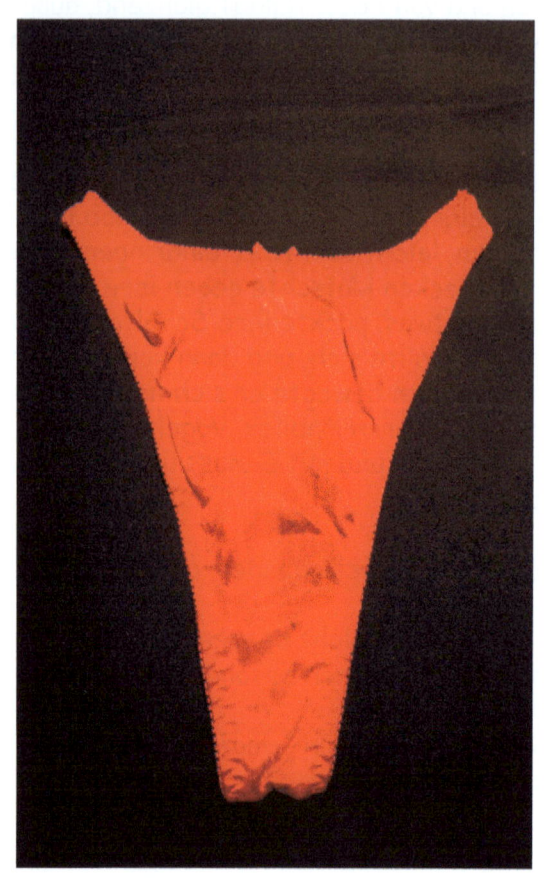

# Erste Begegnung

Ich legte mich auf das Bett. Im ersten Moment zögerte ich, ob ich mich auf den Bauch oder auf den Rücken legen sollte. Aber dann entschied ich mich für die Rückenlage; später beim Umdrehen konnte ich mich dann auf den Bauch legen. Ich fühlte mich dann sicherer – und wärmer. Dann schloss ich die Augen.

Ich hörte ihn, seinen Atem, wie er die Ölflasche öffnete, etwas auf die Hände goss und zuallererst seine eigenen Hände einölte. Dann erneut Öl, und dann spürte ich seine Hände. Sie waren warm und weich vom Öl. Wie immer begann er mit den Unterschenkel und den Füßen. Im Moment kitzelte es mich, aber dann konnte ich es beherrschen und mich wieder entspannen.

Allmählich versank ich. Ich spürte wie er sich an meinem Körper nach oben arbeitete. Die Oberschenkel, dann das Becken und die Möse. Vor ein paar Tagen hatte ich sie etwas freigeschnitten, jedenfalls über den Lippen. Er musste sie jetzt sehr gut sehen können. Ich weiß, dass er es liebt, aber er beherrschte sich – fast jedenfalls. Zweimal strich er langsamer als nötig, fast sehnsuchtsvoll über meine Lippen.

Ich träumte, er würde sein Gesicht auf mein Dreieck senken, ganz langsam, fast konnte ich seinen Atem spüren, ganz langsam und leicht strich die Nase zwischen meinen Lippen hinauf, machte am Bauchnabel kehrt und glitt wieder nach unten. Ich spürte wie sich in meinem Becken die Spannung ausbreitete.

Seine Hände packten plötzlich mein Becken, glitten an der Seite meines Körpers auch oben und begannen die Brüste zu umkreisen. Viel Öl konnte meine Haut aufnehmen, damit war er nie geizig. Die Brustwarzen versteiften sich schon voll Vorfreude auf die zartfühlende Behandlung. Ich spürte plötzlich seinen Lippen, sie umschlossen die Brustwarzen, seine Zähne knabberten ganz vorsichtig erst an der linken, dann an der echten. Sehr prall und steif fühlten sie sich an; so ähnlich müsste sich ein steifes, erregtes Glied anfühlen.

„ Du kannst dich umdrehen, wenn du möchtest!" Seine Stimme rief mich zurück aus meinen Gedanken. Ich schaute ihn an, während ich mich aufrichtete. Auch er war nackend, er lächelte mich an. Ich sah, dass es ihm auch gefiel, denn sein Penis war erregt. Also legte ich mich auf den Bauch, ein Kopfkissen so untergelegt, dass ich den Kopf nicht allzusehr drehen musste. Er begann wieder bei den Füssen, aber jetzt knetete er die Waden tüchtig durch; liebevoll aber auch etwas fester. Schon war er bei den Oberschenkeln. Erst wurden sie mit zarten Streichel eingeölt, auch die Pobacken, dann hockte er sich zwischen meine leicht gespreizten Beine und massierte Oberschenkel, Po und Becken.

Ich glitt wieder ab in meine Phantasien, zwischendurch spürte ich seine Hände an der Innenseite der Schenkel, höher, noch höher, aber dann glitten sie seitlich zur Außenseite des Körpers, streichelten die Hüftknochen, glitten zur Wirbelsäule und massierten ganz leicht die kleine Kuhle am Ende der Wirbelsäu-

le. Er weiß genau, wo er mich berühren muß, dachte
ich noch, dann waren die Hände schon wieder auf
dem Weg nach unten, diesmal entlang der Pospalte.
Als er später den Rücken massieren wollte, setzte er
sich auf meine Oberschenkel. Ich spürte sein Glied,
es lag auf mir, manchmal hob es sich, wenn er sich
aufregte, einmal steckte es fest, als er sich sehr weit
nach oben beugen musste.

Er war schon fertig mit der  Schultermuskulatur, als
ich aus meinen Gedanken wieder auftauchte. Schade,
dachte ich, jetzt ist es gleich beendet. Aber auf einmal sagte er ganz leise in mein Ohr; Erschrick nicht
vor dem Geräusch, bleib einfach ganz ruhig liegen.
Und ich hörte das leichte Surren, Sekunden später
spürte ich es im Nacken. Er musste den kleinen Vibrator bereit gelegt haben. Er war neu, wir hatten ihn
noch nie benutzt. Es war ein merkwürdiges Gefühl,
aber nicht unangenehm. Ich blieb entspannt, und so
bewegte er ihn hin und her, der ganzen Schultermuskulatur bekam es sehr gut.

Dann dehnt er jedoch den Wirkungskreis aus. Der Vibrator bewegte sich an der Wirbelsäule entlang nach
unten. Immer noch etwas tiefer, im Beckenbereich
kitzelte es etwas, gleichzeitig streichelte seine Hand
über meine Pobacken, beruhigend, aufregend. Er saß
noch immer auf meinen Oberschenkeln, rutschte aber
immer tiefer. Das brummende Vibrieren des Gerätes
tat mit gut. Jetzt ruhte es sich auf meinen Oberschenkeln aus, dann  wieder lag es auf meinem Po,
irgendwann glitt es schließlich genau in das kleine
Dreieck zwischen meinen Oberschenkeln.

Allmählich merkte ich wie mich das ganze erregte, ich spürte ihn, sah ihn vor mir, wie er mit steilem Schwanz auf meinen Beinen hockte. Jetzt beugte er sich gerade vor und streichelte mit seiner Zunge meine Haut, das Gerät summte alleine vor sich hin. Ich hielt die Beine zusammen, damit es nicht auf Abwege kam. Ganz leicht bewegte ich mein Becken. Irgenwie, einfach so. Es war alles so angenehm und leicht, tiefer in mir konnte ich spüren, dass ich feucht wurde.

Es machte mir Spaß. Seine Hand streichelte mich, schob sich unter mich, genau an die richtige Stelle. Ich drückte dagegen, bewegte mein Becken etwas stärker, sein Mittelfinger schob sich etwas hervor, streichelte meine Klitoris. Jetzt musste er auch meine Nässe spüren, denn der Finger konnte ohne Probleme in mich eindringen. Meine Erregung stieg rasant an, aber ich wollte ihn in mir.

Irgendwie bedeute ich ihm, der Vibrator solle verschwinden, glücklicherweise kapierte er es schnell genug. Ich öffnete meine Beine etwas und hob das Becken an, dann spürte ich wie er in mich glitt. Es ging alles total leicht. Wir waren beide besten vorbereitet. Ich schob ihm mein Becken entgegen, er packte mich an en Hüften und drang immer wieder in mich ein. Ich hielt dagegen, sein Stöße wurden immer kraftvoller.

Mit einem Aufstöhnen kam er zum Höhepunkt, meine Hand, die inzwischen die Seine ersetzt hatte, verhalf mir wenig später auch zum Höhepunkt. So lagen wir noch eine ganze Weile. Er war ganz warm und schwer auf mir.

Wie Löffel aneinandergeschmiegt schliefen wir schließlich ein.

# Es war spät geworden

Sie waren verrückt gewesen. Zwei Kinofilme hintereinander, an einem Abend. Jetzt waren sie auf dem Weg nachhause. Die Uhr ging auf eins zu, sie hatten ungefähr eine Stunde zu fahren. Immer wieder fragte sie : „Bist Du noch da?" Und immer wieder antwortete er: „Ja, ich bin noch hier." Zwischendurch nickte sie wahrscheinlich ein bisschen ein, und wenn sie hochschreckte, kam die nächste Frage.

Manchmal sah er hinüber zu ihr. Im Licht der entgegenkommenden Autos konnte er dann einen kurzen Blick auf ihr Gesicht erhaschen. Manchmal bemerkte sie es und lächelte ihn, manchmal waren

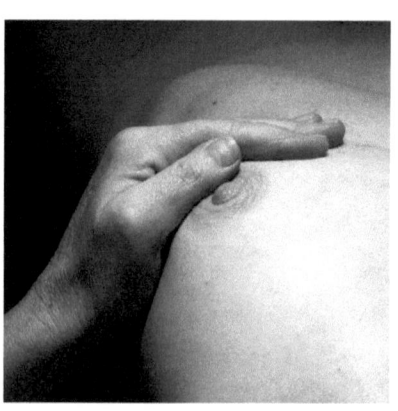

die Augen geschlossen. Und meist kam dann kurz darnach diese Frage. Als ob er aus dem Auto verschwinden könnte. Er freute sich schon aufs Bett. Sich einfach der Müdigkeit hingeben und weggleiten, in den Schlaf. In den Schlaf? Vielleicht ergab sich ja noch mehr vor dem Einschlafen.

Vorgestern war es auch so gewesen. Im Bad zog sie sich nach dem Zähneputzen plötzlich ganz aus. Wollte sie sich waschen oder das Nachthemd anziehen. Er wusste es nicht genau. Aber er liebte diese Intimität des Dabeiseins, des Zuschauens wenn sie sich bettfertig machte. Jedesmal berührte es ihn ganz besonders, er fühlte sich ihr nahe, sehr vertraut. Manchmal versuchte er sich dann, ihr zu nähern, sie in den Arm zu nehmen, sie kurz zu streicheln. Oder er schaute ihr nur zu, indem er sich auf den Klodeckel setzte und nur noch ihren Anblick in sich aufnahm.
Vorgestern war er in die Knie gegangen, wollte sie mit den Armen zu umschlingen, die Knie zu küssen und etwas zu streicheln. Und sie ließ es zu, was ein gutes Omen war; denn nicht immer hatte sie gerade in dem Moment Lust auf Nähe, wenn ihm darnach war. Es kam auch vor, dass sie ihn abwehrte, nichts erlauben wollte, ihn am liebsten aus dem Bad verbannte. Nicht so vorgestern Abend. Und so waren seine Hände an der Rückseite ihrer Beine nach oben geglitten und hatten die Pobacken umfasst. Gleichzeitig barg er sein Gesicht in ihrem Schoß.

Tief atmete er ihren Duft ein. Es war ihr Duft, ihr ureigener Duft, nicht der ihres Waschmittel oder

der einer Körperlotion. Sie war wohl noch
gar nicht zum Waschen gekommen. Er hatte
nichts gegen ihre „künstlichen" Düfte, aber
mindestens so sehr liebte er ihren eigenen
Duft. Meist sprach sein Körper sehr direkt darauf an. So auch vorgestern. Als er aufstand,
war er schon steif und bereit zu allen Schand-
taten....

Nachher erzählte sie ihm, dass sie eigentlich
hätte schlafen wollen. Aber auf seine Zärtlich-
keiten hätte ihr Körper einfach reagiert, fast
als hätte sie selbst nichts damit zu tun. Offensichtlich hatte er wieder Liebe gebraucht.

Selbst wenn er schon, wie an diesem Abend
im Bad schon vorher eine Vermutung gehabt
hatte, im Bett konnte es dann doch wieder
ganz anders aussehen. Manchmal wollte
sie dann nur Schlafen und kuschelte sich
sehr lieb und zärtlich, aber auch wiederum
sehr eindeutig an seinen Po, legte den Arm
über seinen Bauch und schnaufte zufrieden.
Manchmal nahm sie ihn noch in die Han. Meist
waren sie dann sehr bald eingeschlafen.

Aber vorgestern  hatten sie sich geküsst,
ganz besonders geküsst. Und schon hatte er
es wieder gespürt, dass sie ihm ein Signal
gesendet hatte. Also glitt er tiefer, streichelt
ihre Brüste, küsste ihren Bauchnabel und glitt
mit der Nase tiefer und tiefen, bis er in ihrem
Busch eintauchte und wieder die Reaktion ih-

res Körpers spürte. Leicht glitt er um den Kitzler, leckte mit der Zunge ihre Lippen und glitt mit der Nasenspitze tiefer in sie hinein.

Sofort fühlte er ihre Antwort, fast als hätte sie schon gewartet. Ihr Becken bewegte sich ganz leicht, wurde aber schneller und schon als er ihr Becken mit beiden Händen packte, schob sie sich ihm entgegen. Sein Nase bohrte sich noch tiefer in sie hinein, seine Zunge streichelt ihre Lippen und mit einem Stöhnen kam sie zum Orgasmus. Er ließ die Nase an ihrem Platz, es gefiel ihm dort. Und sie schien es auch noch zu geniessen, wenn er sie ganz, ganz leicht noch mal bewegte oder mit der Zunge streichelt. Kurz danach war er in ihr.

Er war nur der Spur nach oben gefolgt, hatte ihr Gesicht gefunden und ihren Mund geküsst. Fast gleichzeitig fang sein Schwanz ihren Eingang und glitt in sie hinein. Es war einfach nur schön. Einen kleinen Moment schaffte er noch zu verweilen, dann kam die Welle den Rücken hinauf und nahm ihn mit. Er hielt sie, sie hielt ihn und er hauchte sein Leben aus in ihr.

Als sie wieder auftauchten, lachten sie beide. Als wären sie beide überrascht worden.

# Er kocht gerne.

Für heute hatte er einen Salat aus geriffelten Karotten vorbereitet. Dazu gab es gewürfelte, rohe Kartoffeln, in der Pfanne scharf angebraten und dann gedünstet und schließlich geräucherten Stremel Lachs mit Pfeffer, warm gemacht, damit das Aroma so richtig zur Geltung kam. Sie hatten beide das Essen genossen. Schließlich war auch der Salat aus frischem Obst verzehrt.

Und nun stellte sich die entscheidende Frage. Machen wir eine kleine Pause – und gehen ins Bett – oder nehmen wir den Hund und machen einen ausgiebigen Spaziergang.

Wie so oft in den letzten Jahren fiel die Entscheidung zugunsten der kleinen „Pause" aus. DAS war Luxus. Mitten am Tag sich komplett auszuziehen und gemeinsam ins Bett zu gehen. Und das nicht einmal, sondern immer wieder, manchmal zwei oder dreimal die Woche.

Er war meist schneller mit  Zähne putzen und lag dann schon  ein paar Minuten vor ihr im Bett, im Winter wärmte er es so ein bisschen an. Und er konnte sich auf sie freuen, auf ihre Wärme, ihre körperliche Nähe, auf ihre Hand auf seinem Bauch, wenn sie wie Löffel aneinander geschmiegt lagen. Dann gemeinsam langsam weggleiten, das war fast das Schönste, was ihm passieren konnte – fast.

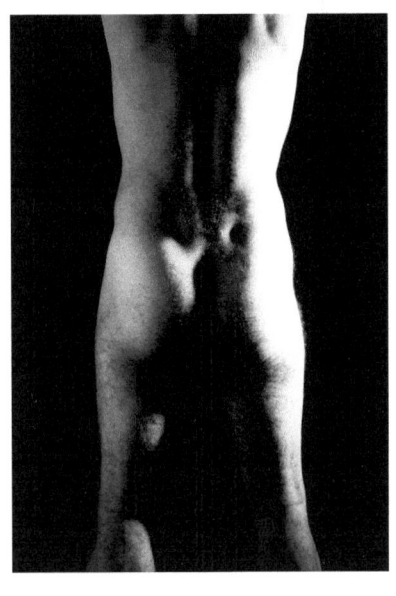

Denn manchmal gab es nach dem Schlafen eine Nachspeise. So wie heute. Irgendwie konnten sie sich beide nicht aufraffen und das warme Bett verlassen. Immer wieder drehten sie sich, schmiegten sich aneinander, spürten wohl beide, dass noch etwas kommen sollte.

Und es kam als er langsam mit der Hand über ihren Bauch strich. Plötzlich konnte er ihre Lust auf „Nachtisch" direkt spüren. Dass er selbst die ganze Zeit nicht wie ein Holzklotz neben ihr gelegen hatte, versteht sich von selbst. Aber das war nun mal so bei Männern. Jedenfalls bei ihm. Bei Ihm war die Erregung meisten sofort sichtbar. Auch wenn sie natürlich nicht immer auch zu weiteren Aktivität führte.

Leicht küsste er ihren Nacken, gleichzeitig glitt seine Hand weiter nach unten. Er konnte spüren, dass ihre Brustwarzen hart wurden. Ihr wunderbares, weiches Hinterteil presste sie gegen ihn. Dieses Gefühl an seinem Becken konnte ihn schon alleine high machen. Langsam glitt er nun mit dem Mund die Wirbelsäule hinunter und verschwand unter der Decke. Sie streckte sich, dreht sich auf den Rücken und bot ihm nun ihren Bauch und alles was noch tiefer lag.

An ihrem Bauchnabel hielt er sich ein wenig auf, glitt tiefer, umkreiste ihre Muschel, halb versteckt lag sie dort unten, und liebkoste die Innenseite ihrer Schenkel. Dabei bewegte sich sein Mund langsam wieder nach oben. Aber noch bevor sein Mund ihre Spalte erreicht hatte, war die Nase bereits angekommen und berührte sehr zart die Lippen. Hier waren sie etwas frei rasiert, des besseren Hautkontaktes wegen? Er wusste es nicht genau, aber seit einiger Zeit war es so und ihm gefiel es. Es hätte sogar noch etwas mehr sein dürfen.

Dann spürte er ihre Antwort, ganz leicht öffnete sie ihre Beine, um ihm etwas mehr Raum für seine Nase zugeben, ganz leicht nur brauchte er sie zu bewegen, ein gleichmäßiger Rythmus entstand, und sie antwortete mit ihrer Bewegung im Becken – kreisend, und mit leichtem Gegendruck. Ihre Hände hatten inzwischen ihre Brust gefunden und streichelten ihre Brustwarzen. Er konnte es selbst unter der Bettdecke sehen, schließlich war es draußen hell und die Decke nur sehr dünn, wenn auch warm genug.

Er mochte diesen Anblick, Genau genommen erregte er ihn sehr. Er war eben ein Augenmensch. Am liebsten hätte er ihr einmal zugesehen, wenn sie es ganz alleine machte. Aber entweder tat sie es nie oder sie wollte es ihn nicht sehen lassen.

Seine Glied lag derweil auf ihren Füßen, bewegte sich im gleichen Rythmus, zwischendurch musste er aufpassen, dass er nicht kam – so erregte ihn das ganze.

Plötzlich kam ihm ein Gedanke, er ließ seine Bewegung langsam ausklingen. Er wusste, dass sie noch nicht gekommen war, aber auf der anderen Seite wollte er sehen, wie es ohne seine Bewegung weiter ging. Und schon kam eine Hand nach unten und streichelte über seinen Kopf. Mach weiter sollte das wohl heißen. Aber er wollte sie ein wenig hinhalten, die Lust verlängern, er wollte beiden mehr Zeit geben.

Darum glitt jetzt seine Zunge über ihre Lippen, aber nach oben zum Bauch und weiter zur Brust und zu ihrem Hals, streichelte sie, küsste sie und plötzlich lag er der Länge nach auf ihr, sein Schwanz musste wohl ungefähr auf ihren Lippen liegen, denn plötzlich packte sie ihn mit beiden Händen am Becken und bewegte ihn aufwärts, dann abwärts und rieb sich regelrecht an ihm. Ihr Atem wurde schneller, sie krallte sich fest auch bei ihm stieg die Erregung nun blitzartig Richtung Höhepunkt. Und schon stöhnte sie, wurde lauter und lauter. Mit einem Schrei brach dieses wunderbare Gefühl über sie beide herein. Auch er stöhnte, seufzte und drückte sie an sich .

Als beide keine Luft mehr bekamen und nur noch am Schnaufen waren, musste er schließlich die Decke abstreifen. Der Tag hatte sie wieder.

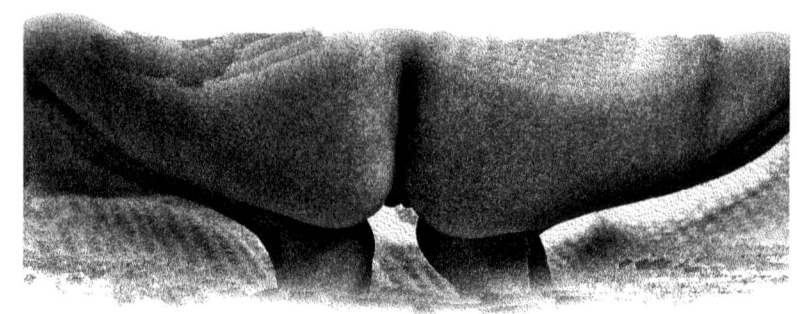

# War sie eingeschlafen?

Seine Hand glitt unter ihre Bettdecke, legte sich auf ihren Oberschenkel. Sie lag auf der Seite, ein bein angezogen. Unter dieses ange-winkelte Bein war seine Hand geglitten. Ganz entspannt lag ihr warmes Fleisch da. Irgend-wo außen am Ringfinger spürte er ihren Busch. Ganz vorsichtig bewegte er den Finger, tastet ein wenig die Umgebung ab. Er lag direkt vor ihrer Blüte, ihre Knospe berührte fast sei-nen Finger. Prickelnde Gefühle stiegen in ihm auf. Ganz vorsichtig bewegte sich seine Hand, drückte ganz zart den Oberschenkel, dann wieder versuchte sein Mittelfinger ihre Blüte zu er-reichen.

War sie eingeschlafen? Ihr Atem war schon sehr regelmäßig. Immer wieder streichelte und knete er das Bein, versuchte mit den Fingern näher an oder in sie hineinzugelangen. Aber die Hand lag einfach falsch. Sie umfasste den Oberschenkel und nicht ihre krause Blüte. Konnte er sei-ne Hand verschieben? Würde sie aufwachen? Wäre das das Ende? Zwischendurch glitt er schon fast selbst hinüber ins Traumreich, es war einfach schon so ein schönes Gefühl, erotisch, warm, zärtlich.

Aber dann räkelte sie sich ein ganz klein wenig veränderte so den Winkel des Beines. Er nutz-te diese Bewegung und drehte seine Hand so, das sie jetzt ihre Blüte umfasste. Er hatte sie in der Hand, im direkten Sinne des Wortes.

Er ließ sich Zeit, spürte ihre Wärme, spürte das leichte Pochen des Blutes.

War es sein Blut, oder spürte er ihr Pochen? Schließlich bewegte er ganz vorsichtig wieder den Mittelfinger. Wie er vermutet hatte, lag er direkt an ihre Knospe, ihrer Klitoris, weiter unten konnte er jetzt mit der Spitze des Fingers ihre Spalte fühlen. Er drückte den Mittelfinger etwas durch und erhöhte so ganz etwas den Druck auf ihre Klitoris. Plötzlich spürte er ihren leichten Gegendruck, oder bildete er sich etwas ein. Nein, ihr Körper reagierte, offensichtlich gefiel es ihr.

Jetzt lagen zwei Finger außen an ihren Lippen, der Mittelfinger genau über der Klitoris und seine Spitze konnte ihre kleinen Scheidenlippen fühlen. Feuchtigkeit war aber noch nicht da. Ihre Bewegungen wurden allmählich gleichmäßiger, systematischer. Sie hatte das Kommando übernommen. Längst war natürlich auch sein eigenes Blut in Bewegung gekommen. Aber da er auf dem Rücken lag, blieb ihm nur ab und zu über „ihn" zu streicheln.

Noch wollte er abwarten, wie sich die Dinge entwickeln würden. Schließlich konnte er sich immer noch selbst soweit bringen. Aber er genoß dieses Gefühl beteiligt zu sein, aber nicht eigentlich etwas tun zu müssen. So bemerkte er alles, was sie tat: dass sie allmählich feucht wurde, dass sie sich inzwischen wieder mehr auf den Bauch gelegt hatte und dass es ihr gefiel, dass er seinen Mittelfinger angewinkelt hatte und auf diese Weise ein Stück in sie hinein glitt. Ihre Bewegungen wurden allmählich schneller, der Druck auf seiner Hand wurde stärker, ihr Atem wurde schneller.

Plötzlich schob sie seine Hand weg. Was war nun los? Wollte sie doch nicht mehr? Aber nein, sie bedeutet ihm sich auf sie zu legen, dann hob sie ganz leicht ihr Becken an, spreizte etwas die Beine und er konnte leicht von hinten in sie eindringen. Ihre Hand lag jetzt an der Stelle, wo vorhin seine eigene gelegen hatte. Aber schließlich brauchte er ja jetzt bei-

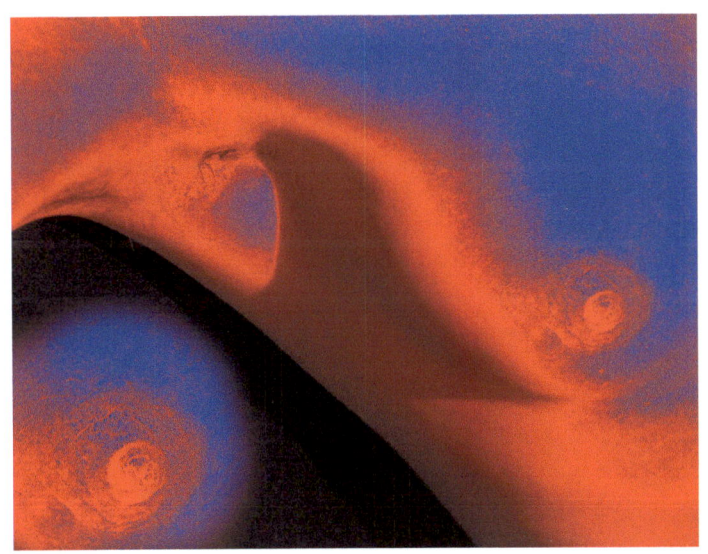

de Hände, um sich zu halten, sie am Becken zu
packen und immer wieder in sie einzudringen.
Das Klatschen seines Beckens an ihrem Po wurde
lauter, ihre Hand vor ihrer Möse bewegte sich
intensiver. Sie streckte ihm ihr Becken noch
etwas mehr entgegen, schob sie geradezu ein
Stück hoch. Er umfasste von hinten
ihre Brüste, kniff ganz vorsichtig in ihre War-
zen und spürte schon, wie sich sein Höhepunkt,
seine Explosion näherte.

Noch einmal hielt er etwas inne, wollte diesen Moment kurz vor dem Aufprall hinausziehen,
öffnete die Augen und sah sie in ihrer ganzen
Schönheit vor sich liegen. Da ließ er es einfach zu, konnte und wollte es nicht mehr auf-
halten. Wenig später spürte er an ihrem Seufzen, dass sie inzwischen auch dort angekommen
war.

Dort, wo sie beide sich in Lust und Begierde
verabredet hatten.

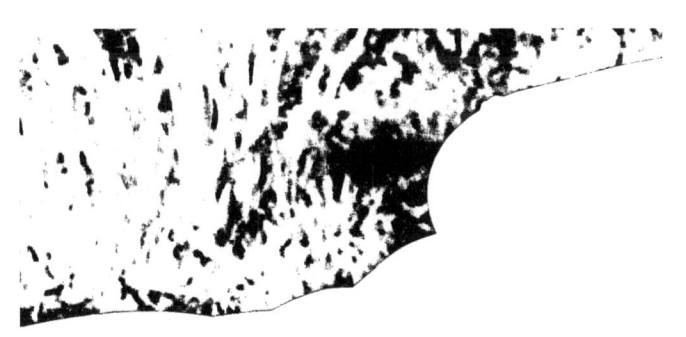

Fotografie: Rena Winter
Umschlaggestaltung: Rena Winter
Layout: Rena Winter

Die Deutsche Nationalbibliothek verzeichnet diese Publikation in der Deutschen
Nationalbibliografie; detaillierte bibliografische Daten sind im Internet über dnb.d-nb.de
abrufbar.

ISBN 9783839137369